漫畫西遊

上

吳承恩 原著
趙鵬工作室 編繪

新雅文化事業有限公司
www.sunya.com.hk

孫悟空

自封花果山美猴王、齊天大聖，曾任天宮的弼馬温，後來成為唐僧的大弟子，又名「孫行者」。

唐僧

前往西天取經的和尚，原名陳玄奘，來自東土大唐。

小白龍

又叫白龍馬，原本是西海龍王三太子，後來變成白馬，載唐僧往西天取經。

沙僧

沙和尚，唐僧的弟子，法號「悟淨」，原本是天宮的捲簾大將。

豬八戒

唐僧的弟子，法號「悟能」，原本是天宮的天蓬元帥。

觀音菩薩

又叫觀世音菩薩，有大慈大悲之心，常替唐僧、孫悟空等人解決困難。

如來佛

釋迦牟尼，又叫如來佛祖、佛祖。

菩提祖師

住在斜月三星洞的神仙，將多種本領傳授給孫悟空。

東海龍王

住在海底的龍宮裏，被孫悟空拿走龍宮的定海神針做兵器。

玉皇大帝

統率天宮，地位崇高。

托塔天王

李靖，右手托着一座塔，原本是將軍。

哪吒

托塔天王李靖的三太子。

二郎神

原名楊戩，是負責守護灌江的武神，額頭中間有一隻眼睛。

太上老君

簡稱老君，住在天上兜率宮的神仙，會用八卦爐煉藥。

鎮元大仙

神仙，萬壽山五莊觀的觀主，後來與孫悟空結拜為兄弟。

清風、明月

鎮元大仙手下的童子。

白骨精

又叫白骨夫人，千年老妖，住在白虎嶺上的白骨洞。

金角大王、銀角大王

蓮花洞的妖怪，原本是替太上老君燒火的道童。

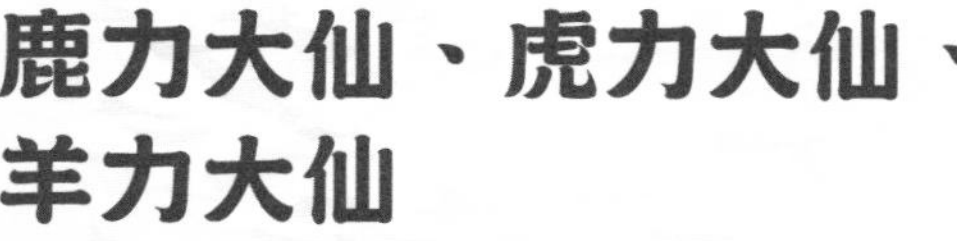

鹿力大仙、虎力大仙、羊力大仙

由鹿、老虎和羊變成的妖怪，在車遲國當國師。

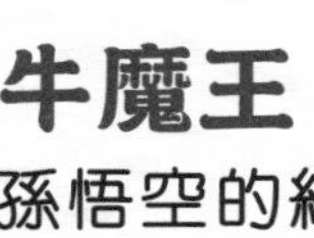

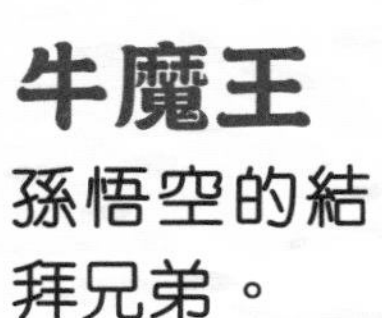

牛魔王

孫悟空的結拜兄弟。

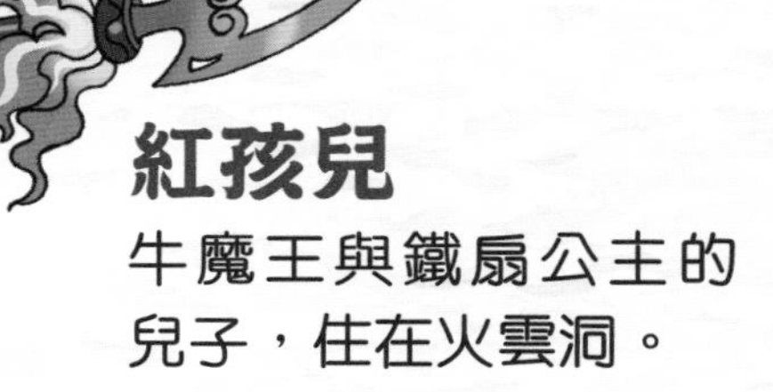

紅孩兒

牛魔王與鐵扇公主的兒子，住在火雲洞。

目錄

1
孫悟空出世

相傳在海外的東勝神洲，有個傲來國。傲來國裏有座花果山，山頂上有一塊仙石。這塊仙石千萬年來吸收着日月精華，已有了靈氣。
一天，仙石突然崩裂，露出一個石球。一陣風吹來，石球裏跳出一隻石猴。

這隻猴子怎麼是從石頭裏蹦出來的？
不會是妖怪吧？

咚！
這石猴是從山頂那塊仙石裏出來的，一定是仙猴！

我不信！除非他能穿過那個大瀑布，又不傷身子。
對！那樣我們就信他是仙猴，還叫他做我們的大王。

好！我去問問他！
石猴，我們這山上有一個大瀑布，誰都不敢進去。

你要是敢穿過去，又能毫髮無損地回來，我們就拜你為大王。
嘻嘻……一羣膽小鬼！
看我的吧！

我去也！
嗖——

啪！
哇！他進去了！

哦，原來這裏面不但沒有水，還別有洞天啊！

花果山福地
水簾洞洞天

大家進到山洞，個個歡天喜地，追逐打鬧着，倒把石猴晾到了一邊。

說好拜我為大王的，你們怎麼還不來拜？

孩兒們拜見石猴大王！

石猴大王？好難聽啊！

以後大夥兒叫我美猴王，如何？

好！好！
美猴王好啊！

哈！哈！
哈！

從此，花果山的猴子們都搬進了水簾洞，在美猴王的帶領下過着快樂的日子。

嗚嗚……
小猴子，好好的哭什麼啊？
大王，和我一起出去採果子的小三，被老虎叼走了。

啊！
可惡的老虎，竟敢殘害我的孩兒！

一天，老猴子生病去世了。
為什麼老爺爺要離開我們？

唉，我們都有生老病死的一天啊！
當然，佛、仙、神除外。

好！我明天就尋訪仙人，一定要學會長生不老之術，回來教給大家！

美猴王一路乘風破浪，來到了南瞻部洲。

美猴王一路穿州過府，學人禮、學人話，一門心思訪神求仙。

不知不覺，美猴王已在南瞻部洲待了八九年，都沒找到神仙。

於是，美猴王又向西牛賀洲出發了。

上了岸，美猴王看見一座高山。

洞星三月斜
美猴王來到山頂，發現了一個山洞，洞口寫着「斜月三星洞」。
山洞看上去很不一般，說不準真住着神仙呢！

三月斜
美猴王看了一會兒，不敢敲門，索性跳到松樹上吃起了松果。

師尊說洞外有一個想拜師的猴子，應該就是你吧？

哇！這都知道，那你師尊一定是神仙了！
那當然了，我師尊就是神通廣大的菩提祖師。

隨我來吧！

這就是
我師尊。
菩提祖師

徒兒參見
師父。

你這猢猻，我還沒答應
收你為徒，你就自個兒
認我為師了。

哈哈哈哈！
看你挺機靈，就留下來吧。

謝謝師父！
咚咚咚
好了。告訴為師，你叫什麼名字。

啊？
徒兒是從石頭裏蹦出來的，沒爹娘給起名字。

嗯。那為師給你起個名字，就叫——孫悟空吧！

太好了！我有名字嘍，我叫孫悟空！

從此，孫悟空就留在了斜月三星洞。幾年間，孫悟空整日參禪打坐、挑水掃地。

悟空，你為何悶悶不樂？
師父，弟子來好幾年了，都沒學到長生不老的本領，我不開心。

我教你占卜論卦如何？
不學！
那為師教你煉丹？
不能長生就不學！

你這猢猻，這也不學，那也不學，想怎樣啊！
啪！
啪！
啪！

打完，祖師就背着雙手走進了中門，把門關上了。眾弟子都笑悟空惹師父生氣，只有悟空暗暗發笑。
砰！
孫悟空，你惹師父生氣了！
嘻嘻，是嗎？
哈哈哈！

晚上三更時分，悟空悄悄起牀，來到祖師房內，跪在牀前等師父醒來。
三更半夜的，你來我這兒做什麼？

嘿嘿，不是師父叫我來的嗎？
你這猢猻，胡說什麼？我幾時說過要你來的？

師父打我三下，
是叫我三更來；
背着手走中門，
是叫我從後門
走。嘿嘿，請
師尊傳我長生
不老之術吧！

你這猢猻果
然機靈。嘿
嘿，過來。
孫悟空空附耳過來，
祖師將長生不老術和騰雲
駕霧的本領都傳給了他。

孫悟空悟性極高，一竅通百竅通，很快就掌握了這些本事。

菩提祖師看他如此聰明，又將
七十二般變化和筋斗雲傳給了他。
變！

一天，幾個聽到風聲的師兄弟，一直纏着悟空表演七十二變。悟空拗不過，就變成了一棵樹。
變！

哇！好棒啊！
什麼事？誰在那裏大聲喧嘩？
啊！師父來了！

砰！
哼，剛學了一點兒本事，就賣弄起來。

師父，弟子知錯了。
你走吧，我不需要你這樣的徒弟。

多說無益。你我師徒緣分已盡，再說那花果山還有你的孩兒們等你。你走吧！
菩提老祖心意已決，悟空磕了幾個響頭，離開了斜月三星洞。

悟空施展筋斗雲，一個筋斗就是十萬八千里，一轉眼就回到了花果山。

孫悟空回到花果山後，把四周欺辱小猴子們的妖魔全部消滅了。

孫悟空和神通廣大的牛魔王結為了兄弟，從此聲威大震。他還被七十二洞洞主奉為總洞主。

大王有什麼煩心事啊？

唉！我雖貴為大王，卻沒個稱心的兵器。
聽說我們花果山附近的東海龍宮有許多，大王去拿一件吧！

好，老孫這就去！
啪！

龍宮。

東海龍王
不好了大王！外面有個妖猴，自稱是大王的鄰居，一路殺進來了。

老龍王，我是花果山的美猴王孫悟空。
砰！

砰！
我來你家借件兵器耍耍，叫你的人退下！
這妖猴看起來蠻厲害的，還是少惹為妙，給他隨便拿一件兵器就好。

來人，拿一把大刀過來！
不要不要，我老孫不會使刀。
哼！還挺挑剔。

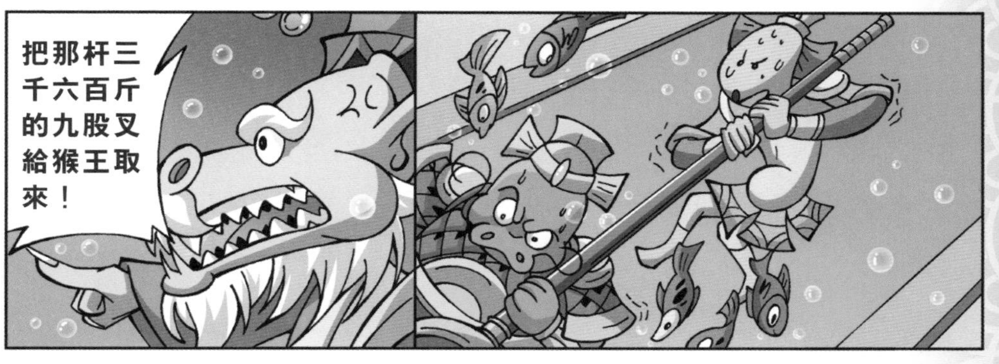
把那杆三千六百斤的九股叉給猴王取來！

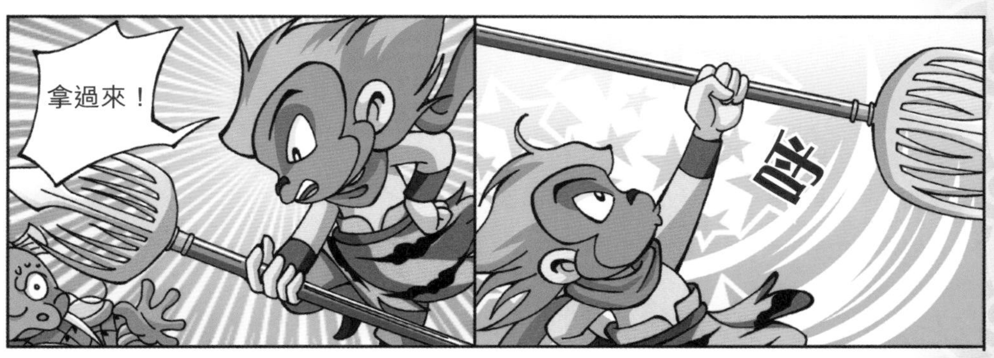
拿過來！
呼

砰！
太輕太輕，不合手！

龍王又拿出了多件兵器，孫悟空都嫌太輕，不合手。

哦！好一根鐵棒啊！

如意金箍棒

一萬三千五百斤

太粗太長，再短、再細點！

這個好，這
個好啊！

呼
呼
哈！
哈！
哈！

呀，氣死
我了！
老龍王，你就好人
做到底，再送我一
身披掛吧！

這猴子拿了定
海神針，被他
掃一下就沒命
了，惹不起。
唉，先咽下這
口氣吧！
好好，猴王
稍等。我這
就去取。

孫悟空又從龍王那裏討來一套威風八面的盔甲，歡歡喜喜地離開了龍宮。

七十二洞的洞主也來恭賀孫悟空。

哈！哈！哈！有了金箍棒，老孫從此天下無敵啦！

天宮凌霄殿。
凌霄殿

那孫悟空將我龍宮鎮海之寶奪去，請玉帝為我做主啊！

玉帝啊！也請給微臣做主啊！

閻王

前日我那地府殺進一個叫孫悟空的猴頭。

他居然將他自己和他手下的名字，全都從生死簿上畫掉了！這還了得啊！

好大膽的猴頭！是何來歷？

玉皇大帝

稟玉帝，他是傲來國花果山上一塊萬年仙石中蹦出來的石猴。

千里眼

太白金星駕起祥雲向花果山飛去。

2 大聖鬧天宮
齊天大聖

太白金星來到花果山一番好言好語，孫悟空真的以為玉帝請他上天做神仙，十分開心。

孫悟空隨太白金星來到了天宮。

嘻嘻，哈哈！
呀！好沒規矩！

哼，真是個沒教養的猴子！
天宮還有什麼空缺啊？
稟玉帝，御馬監的弼馬温一職尚缺。

孫悟空歡天喜地地到御馬監上任去了。
監馬御

孫悟空非常盡職，那些天馬被他訓練得服服貼貼。半個月下來，天馬都長得結實肥美。

是啊，是啊！
大人一來，這天馬養得比從前好多了。小的們非得好好犒勞犒勞大人不可。

嘿嘿，客氣客氣了。
哇！好酒啊！

吃吃，大家
一起來。
大人請。

其實這弼
馬温在天
宮裏是幾
品官啊？
！！
這個
嘛——

大人啊！這弼馬
温官很小，連九
品都排不上。
什麼？

可惡的
玉帝！
砰！

可惡！

我老孫不伺候了！

大王回來啦！

玉帝封大王做了什麼大官啊？
別提了，那玉帝竟然封了我一個連九品都不是的養馬小官！

大王的本領那麼高，坐他玉帝的位子都可以！
太欺負人了！

好！
我看大王就做一個和他玉帝齊名的「齊天大聖」吧！

齊天大聖
孫悟空在花果山自封「齊天大聖」一事很快傳到了玉帝那裏。

這妖猴真是反了！
托塔天王，我命你帶領十萬天兵天將，前去降服妖猴！
托塔天王

托塔天王李靖帶領十萬天兵天將殺向了花果山。
哪吒

大王，不好了。天兵天將殺來了！
孩兒們不要慌，我先去殺殺他們的威風！

巨靈神

妖猴，束手就擒吧！
呸！別看你塊頭大，可在我老孫眼裏一點用都沒有！

四大天王一起上陣也被孫悟空打得落花流水。

托塔天王的三太子哪吒也不是孫悟空的對手。

托塔天王帶着十萬天兵大敗而逃。

大王天下無敵！
大王威武！

回去告訴玉帝，不封我齊天大聖，老孫就砸了天宮！
哈哈哈哈！

齊天大聖府

哈！看來還是得給那玉帝點顏色看看，他才知道我老孫的厲害。

來到天宮，孫悟空看到齊天大聖府，開心極了。

這園中前面、中間、後面各有桃樹一千二百株。前面樹三千年一熟，吃了成仙得道。中間樹六千年一熟，吃了長生不老。後面樹九千年才一熟，吃了與天地同壽。

孫悟空聽了土地這番話，天天躲在蟠桃園中偷吃蟠桃。
這天，孫悟空在園中累了，就變成一個小人兒在樹枝上睡覺。

這時，有七個仙女前來蟠桃園摘桃子。

咦，怎麼今年的桃子這麼少，而且多是小個的啊？

哇！這個桃子好大！

什麼人？
敢來蟠桃
園偷桃！
啪！

大聖息怒。我們是
奉王母娘娘之命，
前來摘桃的。
哦，王母
她要蟠桃
做什麼？

王母娘娘要
在瑤池召開
蟠桃大會宴
請羣仙。
哦？請的都有
什麼神仙啊？

有南海觀音菩
薩、赤腳大仙、
鎮元大仙……
哎呀，別說那一大
串的名字，有沒有
我老孫啊？

沒聽説。

這個王母，
不請我老孫
分明是瞧不
起我！
定！

瑤池
孫悟空縱身飛到了瑤池。

只有仙童，
看來羣仙還
沒到呢！

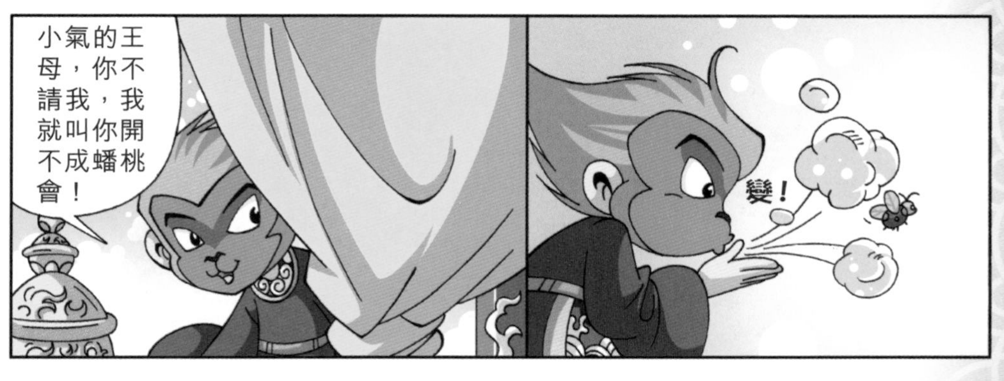
小氣的王母，你不請我，我就叫你開不成蟠桃會！
變！

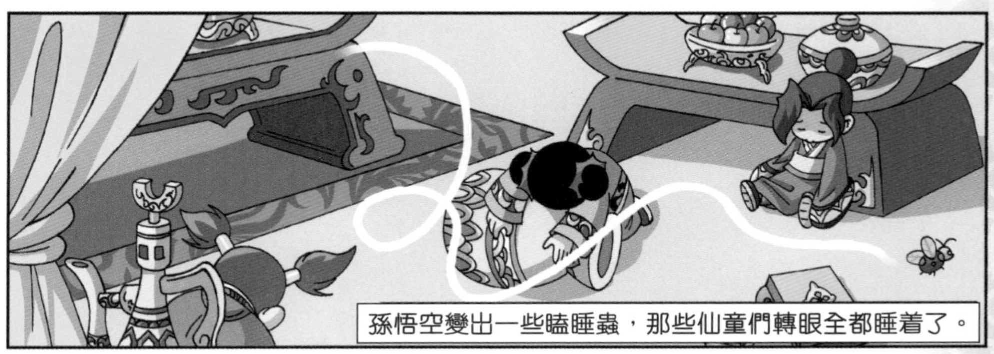
孫悟空變出一些瞌睡蟲，那些仙童們轉眼全都睡着了。

哈！都睡着了。老孫要好好享用了。

這麼好吃的東西，我得給孩兒們帶回去些，不能獨食。

變！
嗖！

瑤池
孫悟空將那些奇珍異果和美酒佳餚一股腦兒都裝進了口袋，然後飛出了瑤池。

兜率宮
孫悟空由於喝了不少酒，有些醉了，竟然迷迷糊糊地來到了太上老君的兜率宮。

哦，這偌大的兜率宮怎麼一個人都沒有？
咦，這是什麼？

這個孫悟空，居然將葫蘆中的丹藥吃了個精光。

哈哈，這豆子煮得真好吃，撐死我了。
嗝
不玩了，不玩了，我得回花果山給孩兒們吃好吃的了。

孫悟空回到花果山，將天界的美味佳餚分給孩兒們享用。

凌霄殿
反了！
這個無法無天的猴子居然敢破壞蟠桃盛會！
我好不容易煉成的金丹也被那猴子吃了個精光，請玉帝給我做主啊！

哪位愛卿
下界去擒
拿妖猴？

二郎神
那妖猴手段高
超，只有灌江
口的二郎神能
降服他。

速去召二郎神！
好！速前
衝呀！

孫悟空和二郎神大戰了三百多個回合，難分高下。
鐺！

這猴子果然本領高強。
這二郎神真不好惹，厲害啊。

我閃！

哼！有我的照妖鏡在，你休想上天入地！

可惡的托塔天王！
變！
砰！
大聖搖身一變，變成了一隻麻雀想逃。

誰知，二郎神變成一隻老鷹撲了過來。
頑猴，哪裏走！

大聖變成一條魚，鑽入水中。
變！
二郎神馬上變成魚鷹去啄魚。

啪！

大聖急忙順勢變成一條水蛇游到岸邊，又變成一隻兔子。

二郎神上岸顯了原形。

嗖！

人呢？

哪有把旗子
立在廟後面
的，分明是
猴子尾巴！

不變了，怎樣都瞞不
過你的第三隻眼。老
孫和你拼了！

鐺！
鐺！

待我助二
郎神一臂
之力。

呼——
嘭！

這下可抓住你了！

咔
咔咔
咔
玉帝下旨處死孫悟空，但用盡天界各種刑法，都傷不了悟空一根毫毛。眾仙束手無策。

太上老君將孫悟空丟到兜率宮的八卦爐中熔煉。

轉眼，七七四十九天過去了。

嗯，想那妖猴再厲害，也會被煉得化為飛灰了。
小童，開爐吧！

誰知，孫悟空非但沒有死，還煉成了一副火眼金睛。
你這個太上老君，竟然燒了我老孫這麼多天！

哎呀！我的八卦爐！
轟！

如來佛

我是西天的如來，特來化解你和玉帝間的干戈。

孫悟空風一般地前進，看到五根肉紅色的柱子。

我已經到了天邊，快叫玉帝讓位給我吧！
嘿嘿，你並沒有翻出我的手掌。

我在天邊看到五根撐天的肉柱子，就在那兒留了「齊天大聖到此一遊」八個大字。不信，我帶你去看看。
齊天大聖
到此一遊
你不僅留了字，還撒了一泡猴尿。

啊！怎麼會這樣？我再翻一次看看！
孫悟空話音未落，如來手掌一翻，將他打落凡塵。
轟！

如來將五指化作金、木、水、火、土五座連山，將孫悟空牢牢壓在下面。

3
唐僧收三徒

斗轉星移，轉眼距離孫悟空大鬧天宮已經過去了五百年。這天，西天如來佛祖召集諸佛、菩薩、金剛等眾。

我這兒有勸人行善的三藏真經，想傳給東土大唐。誰肯去為我尋訪個取經人來啊？
觀音菩薩
弟子願為佛祖走這一趟。

觀音菩薩帶着弟子木吒來到了東土大唐。
長安

觀音菩薩在長安遇到了有道高僧——陳玄奘，將佛祖賜予取經人的錦襴袈裟和九環錫杖交給了他。
唐僧

大唐皇上李世民得知此事大喜，賜陳玄奘法號唐三藏，並與他結拜為兄弟。

第二天，在皇上的親自送別下，唐僧踏上了艱難的西天取經之路。
唐僧一路風餐露宿，很是辛苦。

這天，唐僧路過五指山。

師父！師父！我在這裏！
奇怪，誰在叫我師父？

師父，我在這兒，您看看這邊！
唐僧順着聲音走到了五指山下。

師父啊！您可來了，徒兒等您等得好苦啊！

你這猴子怎麼會講人話？你我素不相識，我又怎麼會是你的師父？
我叫孫悟空，可不是一般的猴子。

我老孫五百年前大鬧天宮觸犯了天條，被如來佛祖壓在了這五指山下。後來觀音菩薩叫我在此等您，做您的徒兒，保護您去西天取經。

阿彌陀佛，菩薩大慈大悲。
可是，你壓在這麼大一座山下，我怎麼才能放你出來啊？

嘿嘿，不難。佛祖在山頂上貼了個金帖。師父只要揭掉它，我老孫就能出來了。
哦，原來如此。

唐僧來到山頂，向着佛祖的金帖拜了三拜，然後揭掉了它。

師父，您有多遠躲多遠，老孫要出來了！

唐僧跑到遠處，躲在一塊大石頭後面。

轟！
一聲巨響，孫悟空從壓了他五百年的五指山下蹦出來了！

師父！

師父，我老孫被壓在這裏五百年了！今天多虧了您，我——
不必謝我，有你相隨，此後西天取經路上我也不再孤單了。

孫悟空保護唐僧一路向西走。

此山是我開，此樹是我栽。要想從這兒過，留下買路錢！

幾個小山賊，也敢擋我老孫的去路！
小和尚接招！

啊！
鐺！
你們打完了，該換我老孫打了！
鐺！

哎呀！太厲害了！
哈哈！這麼沒用的傢伙也敢劫道。回家去吧！

阿彌陀佛。
悟空，出家人慈悲為懷。你怎麼隨便就把人打死了？

唉！師父，我不打死他們，他們就會要我們的命。
你本領那麼大，嚇走他們就是，何必要人性命！

他們都是壞人，留着也禍害人間啊！
你這頑猴，只會狡辯。你走吧！我不需要你這種心狠手辣的徒弟。

哼！
有什麼了不起？我老孫正想回花果山快活去呢！

唐僧一個人騎馬繼續前行。

這位師父，看你好像有心事啊。

不瞞老婆婆，我是東土大唐去西天取經的僧人。前幾日剛收了一個徒弟，誰想他劣性未改，出手傷人，我把他趕走了。
那你還煩心什麼？
唉，一則那徒兒是南海觀音菩薩引薦的。

二來，我也有些心急，應該好好教育他才對。
嘿嘿。
不用煩心，你那徒兒還會回來的。到時候，你把這頂花帽子給他戴上。

給他這帽子有什麼用？
突然，眼前的老婆婆變成了觀音菩薩。

啊！弟子見過觀音菩薩。
這花帽上有個金箍，那猴子戴上之後就會被牢牢箍住，再也脱不下來了。

我再傳你一個叫「緊箍咒」的咒語。以後那猴再敢不聽話，你唸此咒，他就不敢亂來了。

弟子謝過菩薩。

師父，
徒兒回
來了。

徒兒都答應了菩薩，
要保護您去西天取
經，不能說話不算
數嘛。
你不是說
要回花果
山快活去
嗎？

咦！哪兒來
的花帽子，
真好看。
那是為
師送給
你的。
哦！謝謝
師父。

啊！這是
什麼？

怎麼有這
個東西？
不好玩。
呀！怎
麼摘不
掉？

南無阿彌
陀佛——
哎呀！

啊——我的
頭好痛！

這是觀音菩薩
傳給我的緊箍
咒，以後你再
不聽話，亂傷
人命，我就唸
此咒。
師父不要唸
了，我以後
一定聽話。

師徒二人繼續西行，在鷹愁澗收了等待唐僧的小白龍。小白龍還變成了一匹白馬給唐僧當坐騎。

這天，師徒一行來到一個叫高老莊的村子，天色已晚。
莊老高

我們是過路和尚，給借住一晚吧！
嘭嘭嘭

不好意思，你們走吧，這兒不能留宿你們。
好小氣，住一晚又怎樣！又不會偷你家的東西！
啪！

悟空，不得無禮。
哼！小氣鬼。

兩位師父誤會了，我們不是小氣。
我這莊上今天夜晚將有妖怪到來，我們是不想連累兩位師父啊！

嘻嘻，老人家，你好運氣啊！遇到我老孫，什麼妖怪都不用怕。
小師父雖然長得比那妖怪還嚇人，可我請了很多高人都拿不住他，你行嗎？
說的什麼話嘛！瞧不起人！

老人家，我這徒弟五百年前大鬧過天宮，的確有些本事。有何難處，盡可道來。
師父既然如此說，我就講給你們聽。

唉，老夫有個獨生女叫高翠蘭。三年前招了個女婿，怎料那竟是妖怪變的。那妖怪將我女兒關在後院，不准我們相見。我花錢請了許多高人，想拿住那妖怪。誰想他神通廣大，把那些高人都打跑了。

你看我個子小，就覺得我沒本事嗎？
不不不，小師父誤會了。

老人家，就讓我這徒弟幫你吧！
帶我到關着你女兒的後院，給你瞧瞧我的本事。

師徒二人在高太公的帶領下，來到了關押高翠蘭的後院。這裏用一道大鎖牢牢鎖着。

開！
啪！
哎呀！好厲害啊！

進了後院，父女二人相見，抱頭痛哭。
嗚嗚——
爹！
哎哎哎，先別哭了，你們快點走吧！我會留下來對付那妖怪！

高家父女和唐僧離開後，孫悟空搖身變成高翠蘭，坐着等那妖怪出現。

呼！
一會兒，一團黑雲降到了高老莊上空。

嘿嘿。

娘子，我老
豬回來了。

哈哈，看
你那可笑
的樣子。
哦？娘子，你
今天終於對我
笑了？嘿嘿。

我是笑你就
要完蛋了。
你爹又請了
什麼高人來
捉我老豬了
吧？我還怕
這個啊？

這次可不一般。據
說請的是五百年前
大鬧天宮的孫悟空。
!

喂，你不是不怕嗎？跑什麼跑啊？

娘子你不知道，這該死的猴子有些厲害，我改天再來。
砰！
呵！你罵誰是死猴子！

嗖！
嘿，想跑？沒門兒！
啪！

哪裏走！

嗖！

呵！
死弼馬温，兔子急了還會咬人呢！何況老豬！

跟你拼了！

鐺！

你這可惡的弼馬溫，我和你無冤無仇，為什麼非要和我過不去！

誰叫你這妖怪強搶民女為妻！
別只怪我，還有一半是觀音菩薩的過錯！
你這個妖怪竟敢冤枉菩薩！

我老豬可不是妖怪。我是天宮的天蓬元帥，只因調戲嫦娥，才被玉帝貶下界的！

那觀音菩薩要我在此等待東土大唐的高僧，保護他去西天取經，還賜我法號「悟能」。
誰知，我一等就這麼久，都沒見個人影，再不討個老婆，悶都悶死了！

嘿嘿，既然是等取經人，那你還不快跟我這個大師兄去見師父？
什麼？

你是保護高僧取經的徒弟？
你要不信，我這就引你去見我師父。

莊老高
孫悟空帶着妖怪駕雲回到了高老莊。

妖怪見到唐僧高興得不得了，急忙拜見了師父。唐僧又給他起了個別名叫「豬八戒」。
高太公了卻了自家的煩心事，見唐僧又收了一個徒弟，也開心得不得了。

第二天，高太公給唐僧師徒三人送行。
高老莊

翠蘭，我老豬走了。等我取完經再回來娶你。
都出家了，還不老實！
哎呀呀，大師兄，輕點兒！

師徒一行繼續上路了。

這天，他們來到了一條叫流沙河的大河邊，這條大河波濤洶湧，一眼望不到頭。
流沙河

突然，從河中跳出了一個妖怪，直撲唐僧。

大師兄，讓我老豬在師父面前一顯身手！
這個胖子，還想搶功啊？

哐！

看得我手癢啊！
八戒，我來幫你！

啊！兩個
打一個，
不玩了！

啪！

哎呀！我快要抓住他了，你跑出來做什麼？看，把他嚇跑了！
想抓他你得下河呀！你不是天界掌管水軍的天蓬元帥嗎？

你二人不要爭吵了。
是觀音菩薩來了。

弟子拜見
菩薩。

剛才那人不是妖怪，他原本是天宮的捲簾大將，因觸犯了天條被貶到這流沙河裏受苦。
呵呵，原來和我一樣啊！

我已點化了他，賜他法號「悟淨」，叫他在此等待取經人，做他的徒弟，一同西去取經，修成正果。
弟子多謝菩薩。
惠岸，你去河底，叫他上來見過師父。
弟子遵命。

撲通！

不一會兒，惠岸就帶着捲簾大將來見唐僧了。唐僧見他行禮的樣子像個和尚，便叫他沙和尚。

嘿嘿，好呀！我老豬也做師兄了。
沙師弟，流沙河這麼大，叫師父怎麼過去啊？
啊？

這？
大聖不必擔心，我有菩薩賜的寶葫蘆，可幫大家渡河。

惠岸將寶葫蘆丟到流沙河內，葫蘆變得像一艘小船。唐僧師徒上了葫蘆，在惠岸的護佑下，安然渡過了流沙河。

4
偷吃人參果

唐僧師徒四人一路西去，這天來到了萬壽山。

師父，前面有座道觀，咱們今晚可在那兒投宿。
好，我們過去。

五莊觀
萬壽山福地
五莊觀洞天

清風、明月見過師父，請入觀吧！
謝謝兩位童子。

師父從哪裏來的呀？
貧僧來自東土大唐，和三個徒弟一起前往西天取經。

師兄，師尊出門前説待會有一個取經的和尚路過，據説是金蟬子轉世，和師尊他五百年前就是好友。
哦。
對，師尊説過要打兩個人參果給他吃，我們這就去。

清風、明月安排唐僧一行住了下來。

園果
清風、明月帶着取人參果的金擊子、丹盤，來到了人參果園。

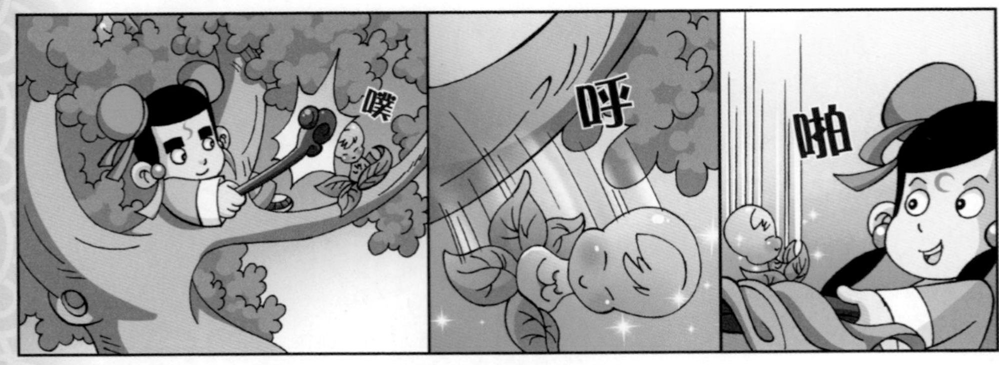
噗
呼
啪

唐長老，這是我們觀上的仙果，特意拿來請您品嘗的。

多謝。

你們怎麼拿小嬰兒給我吃？要不得！快拿開！
哈哈！長老誤會了。
這是仙果，只是長得像人，所以就叫人參果啦！

那我也不能吃這麼像人的果子，請拿走吧！

師兄，這人參果摘下來放久了會變壞的，怎麼辦？
唉，這和尚不識仙家異寶，我們自個兒吃了吧，省得浪費。
好啊！

猴哥！我聽那兩個童子說，這裏有種特別好吃的仙果……

悟空拿着工具飛到人參果園。

噗！

咦？果子怎麼
不見了？

明明就落在
這兒了呀？

啪！
土地，給我
出來！竟然
敢偷吃我打
的果子。

大聖啊！小神可沒吃你的果子啊！
那怎麼一落地就不見了？想抵賴啊！

這仙果一萬年一熟，只能結三十個果子。這些果子要用金器才能打下來，而且要用盤子墊着絲帕才能接住。大聖剛才打落在地，它就鑽到土裏去了。

是這樣啊！看來是我老孫錯怪了你了。

孫悟空帶着人參果回到了房間。

嘿嘿，好猴哥，快拿果子給我吃。

吃得太快了，沒嘗出味道來。猴哥，再給我一個吧！
只有三個，我和沙師弟還要吃呢！

那你再給我摘幾個回來吧！
不知足的傢伙。這人參果一萬年才結三十個，你吃一個還嫌不夠！

他們好像在說人參果什麼的，難道在偷吃我們的果子？
去果園看看！

哎呀！只剩
二十二個！
被那和尚偷
了四個。

可惡，給他
吃他不要，
卻又派徒弟
來偷。找他
去！

你為什麼叫徒弟
偷我家仙果？
啊？我沒有指
使他們啊！
那你叫他們
來對證！

不一會兒，孫悟空師兄弟三人來到了唐僧的房間。

你們是不是偷吃了我家的仙果？
沒有！絕對沒有！

悟空，我們是出家人，不能說謊。要是偷吃了，就給人家認個錯，何必抵賴。
師父……說……說得是。

兩位小哥，是我老孫偷吃了你三個果子。我錯了，對不住了。
真不要臉，明明吃了四個，卻說是三個！

真是得寸進尺！哼！看我老孫給你們來個「絕後計」，叫你們都吃不成！
我變！

悟空將那人參果樹連根打翻，樹上的果子一落地，全都消失不見了。

轟！

師父，我們偷吃了人家果子，實在不好意思留在這兒了，還是走吧！

說得也是，我們收拾收拾上路吧！
變！

瞌睡蟲，給我飛到人參果園去。
嗡
嗡嗡

園果
嗡

師徒四人馬不停蹄向西奔去。

悟空，我們也走了好遠了，在這兒休息休息吧！
好好，師父您慢點。

孫悟空，你好大的膽子，竟膽敢毀了我的人參果樹！
轟！

我正是五莊觀的觀主鎮元大仙。前幾日我有事外出，特意吩咐童子拿人參果招待你們。誰知你們不識好歹，竟然毀了我的果樹！
鎮元大仙

悟空，你怎能這麼胡來！
師父，現在人家問罪來了，説什麼都晚了。

吃了又怎樣！
呼

砰！

砰！
大師兄，我們來幫你！

啪！
呼！

嗖——

嗖——

五莊觀
萬壽山福地
五莊觀洞天

取鞭子
來。

師尊，先打
哪個？

徒弟犯錯，自然
是師父教導無
方。先打唐僧。
唉！

住手！
偷果子的是
我老孫，要
打就打我一
個！別動我
師父！

你這猴頭倒是條漢子，好！先抽他一百鞭子。

啪！
太輕、太輕了，用力啊！
啪！
啪！
嘿嘿，怎麼不打了？再來呀！

你這猴頭倒有些手段，怎麼不想着把我的果樹醫好，只在這裏搗亂！
哦！要是醫好你的樹，你得放了我們。

我不但放你們走，還可和你結為異姓兄弟。
好，說話要算數！快放了我老孫，我這就去想法子！

我給你三日期限，若你逃走不歸，休怪我懲罰你師父。
好！
孫悟空一個筋斗離開了五莊觀，徑直向東海飛去。

悟空疾如流星，來到了蓬萊仙境。只見雲洞外，福祿壽三星正在下棋。

不知大聖到來，有失遠迎啊！
壽星言重了，老孫這次來是有事相求。

我老孫一時暈了頭，將那鎮元大仙的人參果樹打翻了。現在他扣住了我師父，老孫這才來求三老相助，救活他那果樹啊！

我們對此道也是一無所知啊！大聖另尋高人吧！
那我老孫先走了，那大仙只給我三日。不然我師父可就遭殃了。

悟空又一路飛到了方丈仙山，請帝君相助。

人參果乃土木之靈，天地滋潤，如何可醫啊？
悟空看帝君也沒有辦法，只好離開了方丈仙山。

哎呀，這可怎麼辦好呢？

有啦！我去找觀音菩薩！

嗖！
落伽山

菩薩，救我老孫啊！
你這猴頭，又惹什麼禍事了？

悟空將事情經過詳細道來。
你這猴頭，真是胡鬧。那鎮元大仙我都得讓他三分，你怎敢推倒他的人參果樹！

弟子知錯了。還望菩薩相助，不然我師父就要受苦了！

嗯，還算你有這份心。
我這淨瓶的「甘露水」善治仙樹靈苗，你有救了。

五莊觀
萬壽山福地
五莊觀洞天
鎮元大仙，菩薩來了，快出來相迎啊！

好個猴頭，竟然把菩薩請來了。
快隨我去見菩薩。

有勞菩薩前來啊！

別客套了，快把東西準備好，請菩薩給你治那果樹去。
你這會兒倒比我還急呀！

鎮元大仙到果園設好香爐、燭台，請觀音菩薩施法救樹。

悟空，你將
雙手伸開。
菩薩用楊柳枝蘸了下淨瓶中的甘
露，在悟空手中畫了一個起死回生符。

你將甘露
撒到樹根
上去吧！
是。

嘩——

轉眼間，人參果樹起死回生，果子也都長了出來。

哼，明人不做暗事。我老孫只偷了三個，今天明白了吧？

明月啊，快去多敲幾個果子，我要辦個「人參果大會」款待大家，答謝菩薩！

大家請！

鎮元大仙遵守諾言，和孫悟空結拜為兄弟。

宴會結束後，大家先送走了菩薩。

萬壽山福
五莊觀洞
孫悟空師徒四人也向鎮元大仙告別。

師徒四人又向着西天出發了。

5
三打白骨精

白虎嶺
一天，唐僧師徒來到一處叫「白虎嶺」的地方。

悟空，為師又餓又渴，你去找點吃的吧！
好的！

這裏山勢險峻，可能會有妖精出沒，你倆保護好師父，我去去就回。
你去吧，有我老豬在，放一百二十個心啦！

這白虎嶺上有個白骨洞，洞中住着一個千年老妖——白骨夫人。

這天，白骨夫人出來巡山。

哎呀！這不就是傳說中的唐僧嗎？聽說，吃他一塊肉，可以長生不老啊！
哈哈！我算是中頭獎了啊！

白骨精正要走近唐僧，看到了手持兵器的豬八戒和沙和尚。

等等——我這樣直接下去太危險了，小心偷雞不成蝕把米。
我得換個造型。

呼
變！

呀！
好漂亮！

師……師父，那邊有人過來了，我去看看。
嘿嘿嘿。

女菩薩這是要去哪兒啊？

長老，我這籃子裏裝了些乾糧，專程送來給幾位師父享用的。
師父，你看，有人給我們送飯來了！

女菩薩，你怎麼知道我們在這裏？

嘻嘻。
長老，我丈夫在這座山裏幹活兒，這些乾糧本來是送給他的。誰想有緣遇上了幾位長老，所以特意送來。

善哉，善哉！我們若吃了這些，你丈夫怪你，怎麼辦？
我丈夫是個大善人，他要知道這些乾糧送給師父吃了，必定歡喜。師父不必多慮。

師父，女菩薩一
片盛情，您就別
囉唆了，吃吧！

呼

孫悟空用他的火眼金睛，看到白骨骷髏隱隱顯出，那人分明是個妖精。

妖精，休
想接近我
師父！
救命啊！
妖精，
找打！
呼

悟空，你做什麼？這位女菩薩分明是個好人，你怎麼説她是妖精？

嘻嘻，師父，您是不是看她漂亮，想和她成親了？
胡說什麼！

孫悟空看準機會，一棒打中了白骨精。
接招吧！妖孽！

這白骨精也有些手段，急忙施了個「解屍法」，真身跳上雲端，把一個假屍體扔在了地上。

你……你怎麼能隨便取人性命！

師父先不要怪我，看這是什麼。
啪

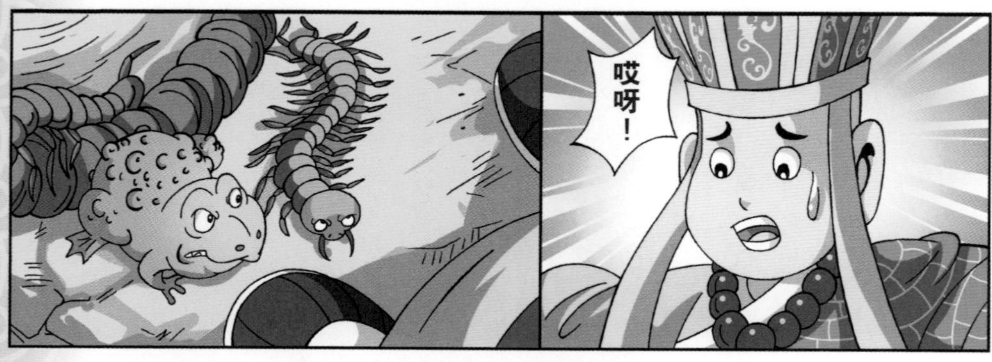
哎呀！

師父，那明明是個漂亮婦人，被師兄打死了。他還使個障眼法，把吃的變成這些東西。
胖子，你胡說什麼！

你濫殺無辜，
還有理了！

哎呀！
疼死我
了！
砰！

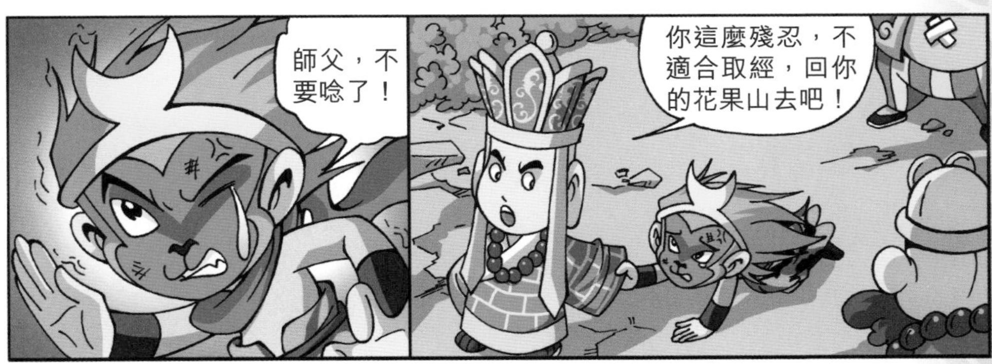
師父，不
要唸了！
你這麼殘忍，不
適合取經，回你
的花果山去吧！

師父！我老孫壓在五指山下
五百年，是您救了我。我不保您取
經，萬古千秋都會留下罵名的。

師父，您就
饒了我這次
吧！
唉，下
不為例
啦！

唐僧原諒了悟空，接着上路了。

眼看到嘴的唐僧肉，讓那
死猴子給攪和了。哼！我
不會就這樣放棄的！

砰！
嗚嗚，我
那可憐的
女兒啊！

糟了糟了，一定是那婦人的老母親找到來了！

你蠢啊！那村姑十八歲的樣子，哪來八十歲的老母親？我先去看看。

悟空一棒打下，白骨精又故技重施，真身逃走，扔下個假屍體。
妖精，休想騙過我老孫！
砰！

唐僧不聽悟空的哀求，把緊箍咒唸了二十多遍，疼得悟空連打滾兒的勁兒都沒了。

你一天打死兩個人，我沒你這樣的徒弟，你走吧！
師父，那真是個妖精啊！

不要再狡辯，走啊！
師父真要我走，那得把我這頭上的箍脫下來。

啊——菩薩只傳了我緊箍咒，沒傳鬆箍咒啊！
那我還得保師父取經去，叫如來佛祖給我鬆箍。

唉，再饒你一次吧！以後不可再行兇了。
再也不敢，不敢了。

啪！
死猴子，
又被他識
破了。

他們要是再往前
走，就要走出白
虎嶺，那裏不是
歸我管的了。

不能叫到手
的唐僧肉跑
了。我得再
冒一次險。
砰！

不好了不
好了，禍
事來了！
長老，長
老——

怎知是禍事啊？
師父，那老頭兒一定就是師兄打死的老太太和村姑的家人。

人家死了老婆、女兒，還不把我們告到官府啊！那時大師兄一個筋斗雲飛走了，我們三個就要丟腦袋了。
胖子！不要胡說，嚇唬師父啊！

師父，我先去問個明白。
快去，快去！
弟子知道！

哎呀——真是陰魂不散啊！
死猴子，我叫那唐僧弄死你！
這位師父啊！

我老婆和女兒今日一早就出門了，但至今未歸，師父可見過她們？

這這……啊——
老人家，別纏着我師父！你的妻女都被打死了，但和我師父無關，都是我那師兄幹的。

哎呀！我那可憐的妻女啊！
都是你管教不嚴，我要拉你見官去！

妖精別想耍花招，老孫認得你！
嗖！

師父救我！

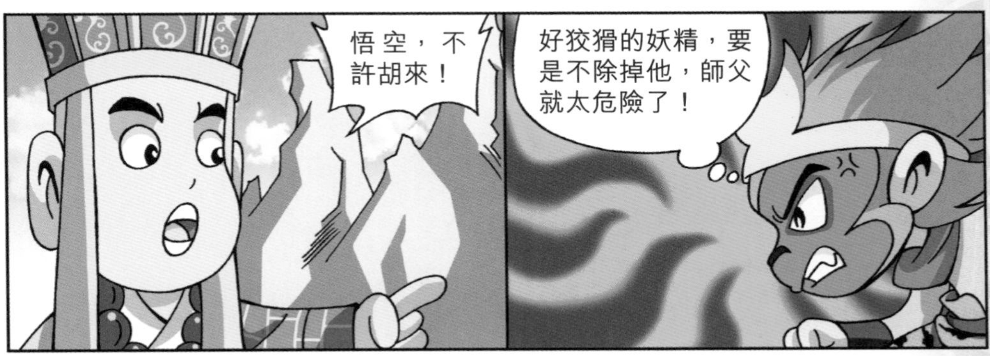
悟空，不許胡來！
好狡猾的妖精，要是不除掉他，師父就太危險了！

喝！拿命來！
哐

南無阿彌陀佛！
哎呀！師父您怎麼又唸咒啊！

哼，我就不信治不了你！
可惡！我就是疼死，也不能叫你傷了師父！

妖精，受死！

這次，白骨精來不及故技重施，就被悟空打死了。
這次你休想再逃！
砰！

啊！怎、怎麼又傷人命了？
好嘛，這才半日不到，就傷了三條人命。

師父先不要急
着唸咒，你看
看這具屍體。

啊！怎麼剛死，
就變成了一堆白
骨？

哼，他一定是
怕您唸咒，使
了個法術騙您
的！
可惡！

南無阿彌陀佛！
哎呀！我一心
救師父，您怎
麼就聽那胖子
胡說啊！

別唸了，別
唸了，您要
趕我走，我
走就是了。

劣性難改！
你快走吧！
師父，徒兒走
了。您一路保
重啊——

沙師弟，你是好
人，但要留心八
戒亂說話。遇到
妖精，就報上我
老孫的名字。
大師兄，我們再
去求求師父吧！
罷了。

悟空憋着一肚子委屈，回花果山去了。

唐僧師徒三人則向着西天出發。

花果山福地
水簾洞洞天
唉，都一個多月過去了，不知道師父怎樣了？

大王怎麼回來之後，天天唸叨你那個薄情的師父啊？
我那師父是太過善良了。小孩子懂什麼？別胡說！

大王，小的們逮
到一個擅闖花果
山的豬精。

嗯——莫非
是八戒？
帶上
來！

輕點兒，
輕點兒。
走！

你這胖子，不去西天
取經，來我這花果山
做什麼？

嘿嘿，猴哥啊！我和師父都想你了，想叫你回去。

胖子，你以為我會信啊？
真……真的。
哼！

你老實講，是不是師父遇到什麼麻煩了？
真……真是瞞不過師兄啊。

路過寶象國時，我們遇到了妖精。我和沙師弟都打不過他，他把師父變成了老虎。

哎呀呀——你怎麼不報上我老孫的大名？
報……報了。

人家說你就只是個弼馬溫，還說你若是去了，定叫你有去無回。
好大膽的妖精！

孫悟空救唐僧心切，和八戒一起往寶象國方向飛去。

猴哥！這就是那妖精的山頭！
砰！
妖精！我老孫來了！

死弼馬温，竟敢砸壞
我的山門，拿命來！

悟空和那妖精打了起來。
鐺

鐺
呼

妖精漸漸體力不支，落到了下風。

這時，托塔李天王帶着天神出現了。
大聖請住手——

李天王，你們怎麼來替妖精求情？

他不是妖精，是二十八宿中的奎木狼。他動了凡心，私自下界來了。
難怪他知道我老孫做過弼馬温。

哼！我最討厭別人叫我弼馬温了。你還敢把我師父變成老虎，該打！
大聖別打啊，我知錯了。

他已知錯，你就饒了他吧！還是快去把你師父變回來。

悟空和八戒來到寶象國，孫悟空施法把唐僧變回了原形。

悟空啊！上次趕你走，都怪為師一時糊塗啊！
師父，徒兒不在，讓您受苦了。

師徒二人冰釋前嫌，一行人又向着西天出發了。
國象寶

6
奪寶蓮花洞
蓮
花

蓮花洞
去西天取經的必經之路上有座平頂山，山上有個蓮花洞。

這蓮花洞裏有一對妖怪兄弟，叫做金角大王和銀角大王，率領許多小妖佔據了這一帶。

兄弟，吃了唐僧肉，可以長生不老啊！聽說唐僧師徒去西天取經將要路過這裏。
哦！那我帶幾個孩兒把他抓過來吧！

孩兒們，隨我來！

哼，以前每次巡山都是那猴子，這次可算輪到我老豬在師父面前表現表現了。

二大王，這兒有一個長耳大嘴的和尚。

和尚，往哪兒走！

鐺
八戒和銀角大王大戰了二十多個回合，不分勝負。

孩兒們一起上啊！
嘿！以多欺少啊？老豬不幹了！

哎呀！
啪

輕點兒，輕點兒！
孩兒們！把這和尚押回蓮花洞！

蓮花洞
大哥，我抓到一個過路的和尚。
嘿！這個就是唐僧的二徒弟豬八戒。

啊！不是唐僧啊？那我再去抓那唐僧回來。
兄弟，唐僧的大徒弟是五百年前大鬧天宮的孫悟空，你可要小心啊。

孫悟空可不是好惹的，我得用計才行。
銀角大王變成一個傷了腿的老人趴在山中。

救命啊！
救命啊！

老人家，你的腿怎麼了？

我是前面道觀的道士，下山時遇到了猛虎，為了保命就從山坡跳了下來，把腿給摔斷了。
那道長快請上馬，我們送你回道觀。
我的腿傷了，騎不了馬啊！

那我來背你吧！

孫悟空背上銀角大王，跟在唐僧、沙和尚後面繼續前行。

死妖怪，老孫認出你了。
哼！那又怎麼樣，你已經中計了！

銀角大王使出移山大法，將須彌山、峨眉山調來壓在了悟空的雙肩上。
須彌山
峨眉山

呵呵，竟敢拿大山來壓我老孫，就是有點兒輕啊！

哎呀，好厲害的猴子啊！
我再調一座大山！
泰山
呼

好重啊！
轟！

銀角大王追上前，抓了唐僧和沙和尚回蓮花洞去了。

兄弟真是好本事啊！那孫悟空你碰到沒有？
我已經把他壓在三座大山下面了。

嗯，孫悟空神通廣大，怕是壓不了太久啊！
哈，那就叫兩個孩兒拿着紫金紅葫蘆和羊脂玉淨瓶兩件寶貝，把他裝起來吧！

你們把寶貝底朝天，叫一聲孫行者，他只要一答應，就會被裝在裏面，不一會兒就化成水了。
小的記住了！

果然如金角大王所料，悟空已經從山下掙脫了出來。

這兩個小妖怪來這裏做什麼？

變！
兩位這是要去哪裏啊？

真巧，我是蓬萊的仙人，和他有仇。不如我們一起去，也好助你們一臂之力。
讓開讓開！我們是奉大王之命，去抓孫悟空的。

誰要你幫忙？我們有紅葫蘆和玉淨瓶，叫那孫悟空一聲，只要他一答應，就會被裝在裏面，再貼上太上老君的符咒，一時三刻就化成水了。

哎呀！好厲害的寶貝啊！
變！

哈哈！你們的小葫蘆沒法和我的大葫蘆比。
你的葫蘆大是大，可是中看不中用。我們的葫蘆能裝一千個人呢！

我的葫蘆可是能裝天呢！
我不信！要真是能裝天，我們就用這兩件寶貝和你換！

悟空悄悄變出一個分身，找到了日遊神，請他相助。

大聖，你只要假裝唸咒語，哪吒就會來幫你。
大聖假裝唸起了咒語。

哪吒揮動黑旗，將日月星辰都遮了起來。

哎呀，這寶貝太厲害了！

道長快把天
放出來吧！
我們跟你換
寶貝！
急急如律
令！給我
放天！

哪吒撤掉了黑旗，天地間恢復了光亮。

兩個小妖用真寶貝換來了悟空變的假寶貝，歡歡喜喜地回去了。

笨蛋！哪有
這麼厲害的
寶貝！
砰

砰！
猴毛？
啊！

哎呀呀！
兄弟，事已至此，也不要生氣。我們還有七星劍和芭蕉扇，再不行，老母親那兒的晃金繩也能抓住那猴子。

對！快叫孩兒去壓龍山把老母親接來，好一起吃唐僧肉！
兩個妖怪沒想到，悟空早就變成一隻蒼蠅，跟着小妖到了蓮花洞，他們說的悟空都聽到了。
花洞

幾個小妖將金角大王、銀角大王的老母親從壓龍山接了出來，正在前往蓮花洞。

悟空半路殺出，把妖怪全部消滅了。
砰！

哈哈！晃金繩
歸我老孫嘍！

悟空拔了幾根毫毛，變成小妖，自己變成老母親，繼續向蓮花洞前行。

兩位大王，老
夫人來了！
兄弟，
快去迎
接啊！
金角大王、銀角大王
將悟空變的假母親迎到了
蓮花洞裏，磕頭就拜。

孩子們快起來吧！
多謝母親。

嘿嘿嘿。

二師兄，死到臨頭了，你怎麼還笑？
死什麼啊！那老婆子是猴哥變的。
啊——你怎麼知道？
你看。

他的猴尾巴從衣服裏露出來了。
哦？

嘿嘿，先吃這肥頭大耳的豬八戒吧！

死胖子，就你話多！
啊！他是孫悟空變的！
死猴子！存心整我啊！

殺啊！抓住他！
砰
砰砰

還我寶貝！
嘿嘿，當然還給你！

嘻嘻嘻！
真是好東
西啊！
啪！
哼，別
高興得
太早！

嘛呢叭
咪吽！
不好！原來還有
鬆繩的咒語啊！

喝！乖乖
就擒吧！
呼
啪！

嘿嘿，猴
子你可跑
不了了。
還我寶
貝！

哈哈！
找到了。

銀角大王將悟空帶回洞中綁了起來。

等妖怪走後，悟空吹了口仙氣變出個假悟空。
悟空施了個法，從繩子中脫身出來。

悟空將假悟空綁在柱子上，自己拿着晃金繩，偷走了玉淨瓶，逃出洞外。

妖怪出來！者行孫來砸你們的老窩了！
大哥，我去看看。
啊！怎麼抓了一個孫行者，又來了個者行孫？

妖怪，你膽敢抓我大哥孫行者，我現在就砸了你的洞！

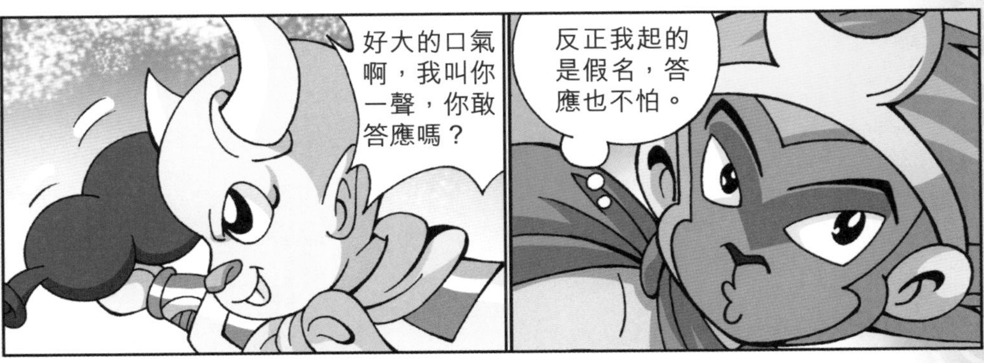
反正我起的是假名，答應也不怕。
好大的口氣啊，我叫你一聲，你敢答應嗎？

有什麼不敢！
者行孫！
爺爺在！

嗖

不會吧！假名都可以啊？
哈哈！大哥，不消片刻，那猴子就會化成水了！

哼，想得美！

頂不開。還真是寶貝啊！
變！

大哥，那猴子
想必現在已經
化成水了，我
去看看。
砰

嗖
砰

哈哈哈！
果然成一
攤水了。
孩兒，把我的
寶貝收好了。
好的！

孫悟空變了
個假葫蘆放在桌
子上，把真葫蘆
藏在懷中。
妖怪！行者孫
來了，我要為兩
個哥哥報仇！
悟空得了寶貝，跳出洞外。

咦？怎麼和我的寶貝一模一樣？

嘿嘿，你那隻是母的，我這隻是公的。你那隻母的碰到我這隻公的就不靈啦！
胡說！我不信！

行者孫可在？
爺爺在！
嘿嘿！

啊！這葫蘆也怕老公啊？
換我叫啦，銀角大王！
啊！

嗖

還我兄弟！

悟空拔出一根毫毛，迎風一吹，變出無數個小悟空。

砰！
砰！

這猴子太厲害了！沒了三件寶貝，只靠七星劍、芭蕉扇打不過他。
呼

嗖！

嗖！
去哪裏！

嘛呢叭咪吽！
嗖！

哎呀，怎麼
忘了他會鬆
繩咒啊？

金角大王！

金角大王以為是小妖在叫他，慌亂中答應了一聲，馬上被吸進了羊脂玉淨瓶。

悟空殺進蓮花洞，放了八戒和沙和尚。師兄弟三人把小妖們打得四處逃竄。

師父，您受苦了。
悟空。

救出唐僧後，師徒四人馬不停蹄地向西天進發。

啪
你這猴子，快快還我寶貝！

老君，你別冤枉人哪，我又沒去兜率宮，怎麼拿你寶貝了？

那金角、銀角兄弟是我燒火的道童。他們偷了我的寶貝，私自下凡化為妖怪，在這平頂山作亂。

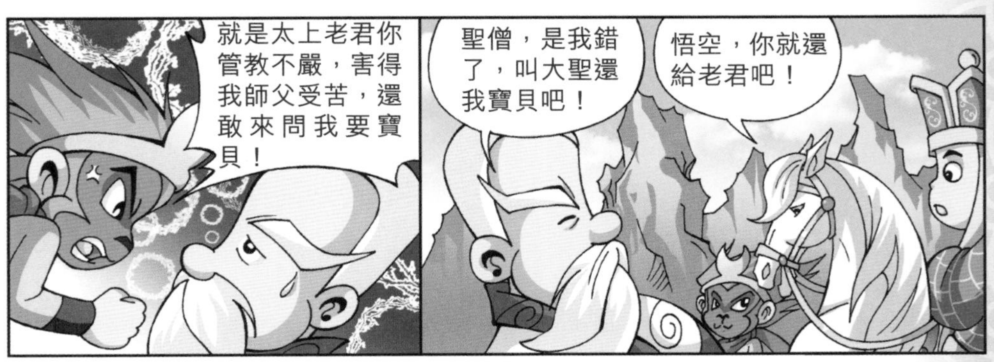
就是太上老君你管教不嚴，害得我師父受苦，還敢來問我要寶貝！
聖僧，是我錯了，叫大聖還我寶貝吧！
悟空，你就還給老君吧！

悟空將五件寶貝還給了太上老君。金角、銀角也被老君從寶貝裏解救出來，現了原形，帶回了兜率宮。

唐僧師徒又踏上了千辛萬苦的取經路。

7
大戰紅孩兒
火雲洞

唐僧師徒一路西行，這日又來到了一座大山中。

救命啊！
救命啊！
你們可聽到了小孩的呼救聲？
聽到了，師父。我過去看看。

嗚嗚，救命！
這裏有一個小孩兒！

師父救我啊！
你為什麼被綁在這裏？

我叫紅孩兒，家住前面的火雲洞。一夥盜賊闖進我家，殺了我父母。我被綁在這兒都三天了，嗚嗚……
八戒，快把這孩子放下來！
來嘍！

謝謝師父！

你父母不在了，你以後怎麼辦啊？
這位師父，你們把我送到前面第三座山的拐角就好了，我叔叔家在那裏呢！

悟空，你將這小孩背起來，我們送他去叔叔家。
師父，又叫我背啊！

上次背了個妖怪，他搬來三座大山壓我，好辛苦啊！
這是個小孩子，又不是妖怪，不得抱怨。

悟空很無奈，只好背起紅孩兒跟在後面。

哼！小妖怪，你逃不過我老孫的法眼。
悟空把紅孩兒向山下摔去。

紅孩兒化作一道煙霧飛到空中，施起法來。
砰！
叭咪
吽！

呼
呼
呼
哎呀！
好大的
風！

呼
呼
呼
呼
風停了。
咦？

師父哪裏
去了？
啊——怎麼一
陣風颳過，師
父就不見啦！

哎呀！
我好大
意啊！
嗖！

土地、山
神，都給
我老孫出
來！
大聖，小
神在此。
我問你們，這
座山上的妖怪
是什麼來歷？

那妖怪是火雲洞
的洞主紅孩兒。
他是牛魔王的兒
子，本領很大，
我們都很怕他。
魔

哦！原來是我
當年結拜大哥
的兒子啊。
哼，今天
我老孫就
替你老爸
教訓教訓
你！

嗖！
火雲洞

頑劣的小妖怪，快把我師父還來！不然我踏平你的火雲洞！

火雲洞
你這個猴頭，敢在我的地盤上撒野！
魔

今天叫你知道小爺的厲害！
魔
金
木
水
土

嗖！

鐺
呼

鐺
鐺

鐺
不錯啊，還能擋幾下老孫的金箍棒。
這孫猴子還真的有些本領，厲害！

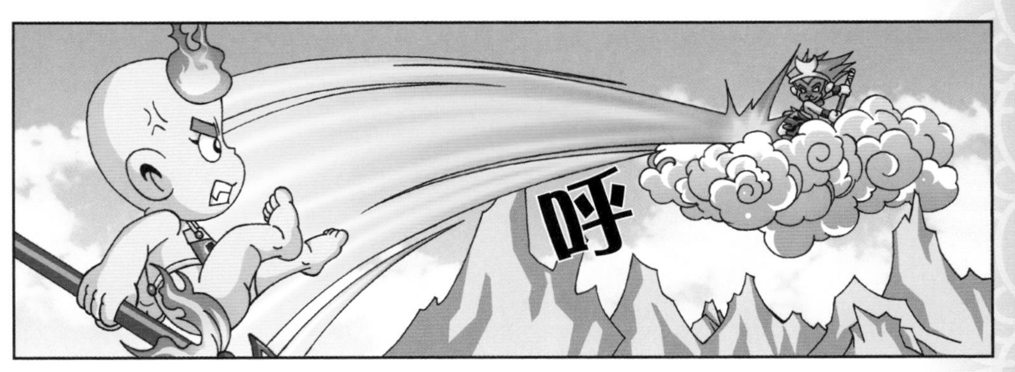
呼

啪
嘿，接着打啊！

啪
呼

呼
呼
呼
呼
魔

哎呀！好大的火！
呼
呼
呼
呼
呼

呼
呼
可惡，到處都是火，找不到那小妖怪了！
呼

呼
呼
呼
煙火飛騰，悟空靠不近火雲洞，只得先退下陣來。

啪
可惡，他這三昧真火老孫還真沒法對付！

猴哥在這兒，
快過來啊！

三人辭謝了四海龍王。

大師兄現在受了傷，該如何救師父啊？
只有去請觀音菩薩了。可是我受了傷，駕不起筋斗雲啊。

猴哥，你好好養傷，我老豬去就行了，只是要比你慢點兒。

那孫悟空打不過我，肯定會去搬救兵。我可不能叫他得逞。

紅孩兒出了火雲洞，跳在空中，四處巡查，看到了八戒。

哼，小妖怪，別得意！請來觀音菩薩有你好受的。
他往南走，一定是去南海請觀音菩薩了。

砰！

八戒，你往哪裏去？
啊——菩薩！我正要前去請您，您怎麼來了？

四海龍王已把事情的經過全告訴我了，我是來幫你們的。
嘿嘿！太好了，我運氣真好啊！

我們一起去妖怪的山洞捉拿他吧！
好！
到了火雲洞，紅孩兒現出了原形，將豬八戒抓住了。

那胖子辦事我不放心，我去看看。

小妖怪！再出來和我大戰三百回合！
洞雲火

這猴子還敢來尋事，大王，我們去抓他！
砰！
悟空變成了一個包裹。

人呢？
看，這裏有個包裹，他一定是嚇得溜了，連行李都掉下了。
洞雲火

小妖拿着包裹回到火雲洞，說悟空嚇走了，丟下個包裹。
魔

啊？
哼，真沒用！把那個不值錢的包裹扔了。快去請我老爸牛魔王來一起吃唐僧肉。

小妖們去請牛魔王。
火雲洞

小妖們哪裏知道，那個包裹是悟空變的，現在他又變成了一隻蒼蠅跟着。

牛魔王是我的結拜兄弟，他的長相我記得。看我怎麼戲弄你們。

悟空先行飛到前方的岩石後面。
砰！

老大王怎麼
在這裏？

我一路打獵到
了這裏，你們
做什麼去？
我們正要去
接老大王到
火雲洞呢！
好啊！那正
好一齊去。

父王，我這就
去蒸唐僧肉給
你吃。
悟空隨小妖到了火雲洞，紅孩兒忙把假牛魔王請到了上座。

等等，今天
是我齋戒的
日子，不能
吃肉，這唐
僧還是改天
再吃吧！
父王平時最愛吃
肉了，今天怎麼
會想吃齋了？可
疑，可疑……

我老孫就是
你們說的齊
天大聖。

哈——沒
錯啊！就
是你這模
樣！
你到底是
什麼人？

哼！
砰！

啊！原來是
個妖怪！

各位！想必那三位國師也是妖怪所變，看我老孫降伏他們，為你們報仇！

悟空臨走前，還給每個和尚拔了一根自己的毫毛，告訴他們，誰有難，只要叫聲齊天大聖，他就會現身。

皇覺寺
當天，師徒四人借住在一座破舊不堪的寺廟裏。

唉，據説這裏是車遲國的國寺，現在卻如此破敗。
師父別多愁善感了。早點兒休息，明天還要進皇宮倒換公文呢！
説的是。

唐僧回房休息去了，悟空卻睡不着。不知從哪裏傳來了鼓樂聲，悟空跳到空中，發現正南方有隱隱燈光。
乾坤借法！
悟空順着燈光飛去，原來是三清觀內一羣道士正在作法。

乾坤借法，天地無極——急急如律令！九天諸神保我車遲國國王長生不老！

哼，裝神弄鬼！
我把八戒和沙師弟叫來，戲弄一下這幾個妖道。

師兄弟三人駕雲來到三清觀。

嘿嘿，好多好吃的啊！我老豬來了。
胖子，別魯莽！

呼
呼
哎呀！香燭都被吹滅了！
呼
呼

不要慌，這是神風。大家先回去睡覺，明天再多唸幾卷經文補上吧！

嘿嘿，還是猴哥聰明。

還神風呢，聞不出風裏面有猴哥的口臭啊！
胖子，人都走了，我們下去！

哎——別上來就吃啊！真沒禮貌！
啊！偷吃還要禮貌啊？

兩位師弟，咱們這樣吧……
你們也坐夠了吧？今天讓我老豬坐坐。

八戒變成太上老君，悟空變成元始天尊，沙僧變成靈寶道君，原來的三座聖像被藏了起來。

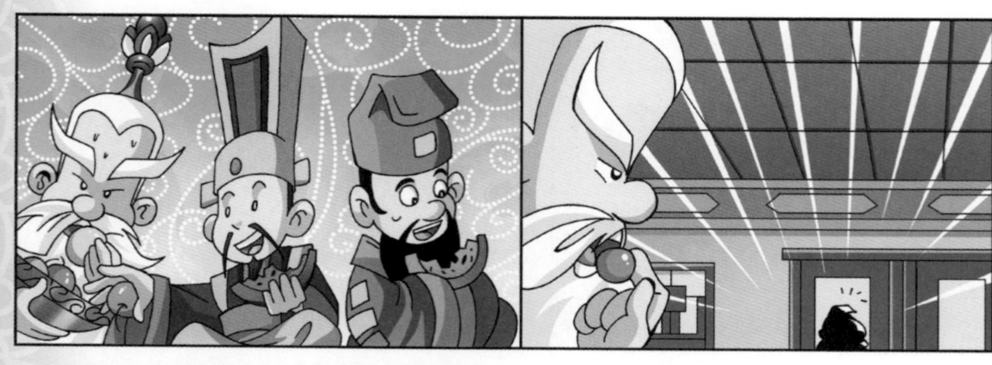

咦，大殿
內是什麼
聲音？

哇啊！
師父，師父，
不好啦！神龕
上的食物都不
見啦！

什麼怪物偷吃
了供品？

連一個人影都沒有。食物去哪兒了？

嘻嘻，嘻嘻。
師兄，想是我們虔誠，感動了上天。三清爺爺降臨吃了這些供品啊！

師弟説得有道理啊！快趁三仙聖駕在此，好好虔誠膜拜，好求得聖水，長生不老啊！
我們剛從蟠桃宴歸來。看你們如此虔誠，就賜予你們聖水吧！

弟子謝過三清爺爺。
你們取器皿來吧！

哈！哈！哈！

悟空叫他們在門外等待。隨後，他們師兄弟三人在這三個容器中各撒了泡尿。

好了，
進來吧！
嘿嘿，喝聖水嘍！

這聖水不怎麼好喝啊？
是啊。

我怎麼喝着有股尿味兒啊？
哈哈哈！真笨！你喝的那罐正是我老孫的尿。
悟空三人被逗得再也忍不住了，大笑不止，現出了原形。

虎力大仙等三人大怒不已，拔劍來刺。悟空三人早就跳上雲端逃走了，只留下他們在那裏大聲咒罵。

第二天，唐僧師徒四人進皇宮倒換過關公文。

師徒四人進入大殿，見虎力、鹿力、羊力就在國王身邊。

可惡的猴子，我叫你們今天有去無回啊！
陛下，這些和尚既是東土大唐來的，應該有些本事。我和他們比賽求雨，若他們勝了，就放他們過關，要是輸了……

哼！那他們就是假的東土聖僧，不可放過！
國師言之有理。

比就比！像你這個妖怪，毋須我師父出手，我和你比！
好！
急急如律令，風雨雷電神，速速降雨！

呼
呼
呼

呼
嗖—

啪！
啊！

師父好棒啊！
可惡！
和尚，我和你比猜東西！
啊？

你猜這櫃子裏面裝的是什麼？
這……

師父，這就是一口破銅爛鐘。
這裏裝的是一口破銅爛鐘。
這回你輸定了！我說裏面是套衣服。

給我打開！

噹！
啊！我明明放了衣服進去，怎麼變成一口破銅爛鐘了？

猴哥，是你搗的鬼吧？
嘿嘿。

比這些小兒科
沒意思。夠膽的
我們比砍頭！
好！我老孫最
愛砍頭了！

刀斧手把悟空和虎力大仙押到了法場。

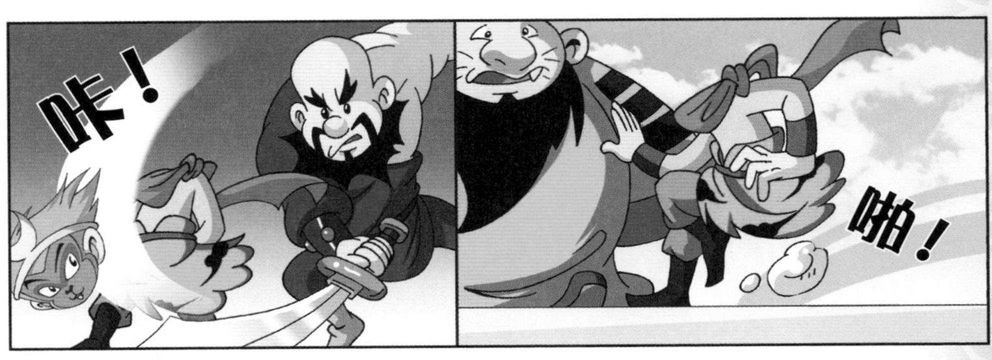
咔！
啪！

頭回來！
咕嚕
嘿嘿，
回來了。

好厲害的
和尚啊！
啪

變！

頭回來！

啊！頭回
來啊！
虎力大仙連叫三聲，頭都沒
有回來，結果一命嗚呼，現出了原
形。原來他是一隻大老虎。

國……國師，怎麼是隻老虎？
哇呀呀呀！大哥呀！

猴頭！你敢跟我比挖心掏肝嗎？

嘿嘿嘿，砍頭我都不怕，還能怕這個？
拿刀來！

哼

搞什麼鬼？這隻狗怎麼又回來了！

二哥！
鹿力大仙的腸臟被叼走了，他一歪頭，斷氣了。

猴頭，你害死我兩個哥哥，我跟你沒完！
哦，你還沒完蛋，當然完不了啊。你要和我老孫比砍什麼呀？

哼！有本事你和我比在熱油鍋裏洗澡！
我才不和你比砍東西，到時你的大黃狗又蹦出來，我就完了。

架油鍋！

咕咕咕

哎喲，老孫當年待的八卦爐裏可比這兒暖和多了。這油太冷了！
咕咕咕咕

呀，小看這猴頭了。
我和龍王關係不錯，他會幫我吹冷油鍋，我一樣會毫髮無損。算了，這次大不了鬥個平手。
咕咕咕

哇啊！怎麼這麼燙啊！
哼，孫悟空和我更熟，這次我才不幫你這妖怪呢！
咕咕咕

哦喲！羊肉
火鍋啊！
咕
咕
咕
羊力大仙被滾燙的油鍋燙死了，鍋中浮出了一堆羊白骨。

哎呀！我
怎麼被這
三個畜生
給耍得團
團轉啊！
這三個妖怪若是不除，等
陛下氣數稍敗，他們就會
取你性命，奪你國家。那
時車遲國就變動物園了。

這次真是多謝聖僧
們啊！我該怎麼感
謝你們啊？

你只要放過那些
做苦力的僧人就
好了。
一定！
一定！

第二天，那些受苦難的和尚被釋放回寺廟繼續修行。

多謝孫爺爺救命之恩！
嘿嘿嘿，都起來，起來，別拜了。

阿彌陀佛，悟空這次做的好事，可謂功德無量。
車遲國國王盛情款待了師徒四人，簽了過關文書。

師徒四人又向着充滿艱難險阻的西天出發了。
車遲國

漫畫西遊（上）

原　　著：吳承恩
編　　繪：趙鵬工作室
責任編輯：陳友娣
美術設計：陳雅琳
出　　版：新雅文化事業有限公司
香港英皇道499號北角工業大廈18樓
電話：（852）2138 7998
傳真：（852）2597 4003
網址：http://www.sunya.com.hk
電郵：marketing@sunya.com.hk
發　　行：香港聯合書刊物流有限公司
香港荃灣德士古道220-248號荃灣工業中心16樓
電話：（852）2150 2100
傳真：（852）2407 3062
電郵：info@suplogistics.com.hk
印　　刷：中華商務彩色印刷有限公司
香港新界大埔汀麗路36號
版　　次：二〇二〇年二月初版
二〇二三年四月第四次印刷

原書名：漫畫西遊

由中國少年兒童新聞出版總社首次出版

ISBN: 978-962-08-7410-9

18/F, North Point Industrial Building, 499 King's Road, Hong Kong
Published in Hong Kong SAR, China
Printed in China

聞仲

商朝的太師，為朝廷南征北戰，平定多地因不滿紂王而起兵叛亂的諸侯。

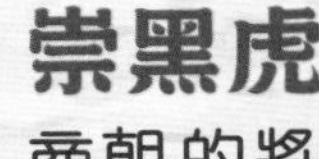

崇黑虎

商朝的將軍，崇侯虎的弟弟，為人正直。

申公豹

元始天尊的弟子，姜子牙的師弟。嫉妒姜子牙，常與他鬥法。

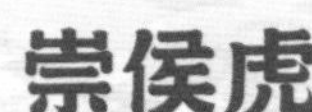

崇侯虎

北伯侯，紂王身邊的奸臣。

尤渾、費仲

紂王身邊的奸臣，常常拍紂王馬屁，討紂王歡心。

目錄

1
紂王寵妲己

遠古時代，火神祝融和水神共工在不周山展開了一場惡戰。
水神共工戰敗，一怒之下撞倒了支撐西天的不周山。
這一下，天河水注入人間，大地變為一片汪洋。

女媧不忍生靈塗炭，煉出五色石補天，砍下神鱉四足支撐住天地四方，堵住洪水，人類得以安居樂業。
為了紀念女媧娘娘和答謝她的恩德，人們建起了女媧神廟，供後人拜祭。
女媧宮
轉眼，人間已過千百年。千百年來，每逢女媧的誕辰，都會有大批人前來上香，感謝她的大恩大德。

這年的女媧娘娘誕辰，商朝第三十二世君主——帝辛（後世稱紂王），帶領羣臣前往拜祭。
這一大早的，不讓寡人睡覺，去拜什麼女媧啊？
紂王
商容
大王，女媧娘娘是世間的救星。在她誕辰日前往拜祭，可保我大商風調雨順啊！您可不能怠慢——
我就說了兩句，你卻嘮叨個沒完！
女媧宮
女媧娘娘，寡人來拜祭你了！

突然，一陣狂風捲起了帳幔，現出了女媧聖像。
哎呀！我以為女媧是個老太婆，原來是個大美人啊！
呼呼呼
來人！快拿筆墨來，我實在控制不住自己的仰慕之情了！
鳳鸞寶帳景非常
盡是泥金巧樣妝
曲曲遠山

女媧娘娘如此美麗，若能動起來，寡人一定接她回宮。
呼！
嗄——
嗄
嗄——

女媧娘娘，那個商君好無禮啊！
女媧
我都知道了。
這個昏君，不想着修身立德，治理天下，反而作詩褻瀆我，真是可惡！
唉！看來這商湯六百年的天下，氣數已盡。讓我來懲治一下這敗家的君王。
給我召軒轅墳三妖。
遵命！
呼
女媧娘娘宣軒轅墳三妖見駕！

九頭雉雞精
千年狐狸精
小妖参見女媧娘娘！
玉石琵琶精
我命你們三個化作人形，潛到商君身邊，惑亂他的心智，斷送他的江山。
呼呼
遵命！

女媧——
寡人要她進宮侍奉！
尤渾
大王，女媧娘娘是天上的神仙，娶不到啊！
費仲
那你給我找一個和女媧一樣漂亮的美人來！
啊，這……這……
對了！
大王，小的有個法子。
快說！

大王可以下一道旨意，命天下諸侯一年內向朝歌進獻一百名美女。
對呀！天下諸侯有幾百路，這一百名美女中，不愁挑不出一個比女媧娘娘更美的！
太好了，寡人馬上下旨！
大王，這道旨意不能下！
為什麼？
大王，現時南方正忙於應付水災，你叫他們怎麼分神去找美人啊！
而且北海諸侯叛亂，聞太師還未平息叛軍，這時下這道旨意，會逼使更多諸侯作亂啊！

那、那倒也是。要是因為這道旨意，寡人的江山不保了，不劃算。
這也不行，那也不行，去哪裏才找到比女媧更美的人啊！
有啦！
期限一年！
寡人命你們兩個帶領一千人的尋美團，給寡人找出一個能比得上女媧的美人來！
看來好日子到頭了……

費仲、尤渾開始到各地尋找美人。
冬去春來……
大王最近茶飯不思，這是怎麼了？
那兩個笨蛋，怎麼還不回來！

大王，找到美人啦！
呀！怎麼一開罵，這兩個傢伙就出現了？早知道寡人就早點兒罵了。
大王，這畫像中的美人可比那女媧還美啊！
快打開看看！
確實傾國傾城呀！
她在哪兒？你們怎麼沒給寡人帶回來？

大王，這美人小的可沒本事帶來啊！
為什麼？
這美人叫蘇妲己，是冀州侯蘇護的女兒。
您說，小的哪敢隨意……
哼！看上了他女兒，是給他蘇護面子。寡人命蘇護火速護送蘇妲己進宮！否則，滿門抄斬！
崇侯虎
北伯侯崇侯虎奉旨率領五萬大軍將冀州團團包圍。
即日命冀州侯蘇護攜女蘇妲己進宮，如違抗不遵，即令北伯侯血洗冀州！
冀州

可惡，這個昏君！
蘇護
滾！本侯絕不會賣女求榮！
冀州侯還請三思！
崇侯虎大營。
哼，好一個嘴硬的蘇護！
即刻攻打冀州！憑本將軍的五萬精兵，不出三天便可血洗冀州！

父親，冀州城防薄弱，兵馬又少，恐怕堅持不了多久啊！
兄弟們，一定要撐住！
可惡！
侯爺，小姐要您回府！
沒看我正指揮嗎？她湊什麼熱鬧？
小姐說，您不回去，她就不活了。現在劍已架到脖子上了！
什麼？
府蘇
妲己，快把劍放下！

母親，因為我一人而要犧牲全冀州的百姓，女兒還不如一死。

妲己，不要亂來！

妲己

父親，冀州城根本擋不住崇侯虎的攻打。

城破之時，您非但保不住女兒，全城百姓還得因我而死。您還是送我去朝歌吧，不然，女兒現在就死在您面前！

天色漸暗，前面便是
驛館，我們就在這裏住
一晚，明日再動身吧！
嘻嘻嘻，附在這個小女
子身上，我就能接近那
個昏君了。

呼呼呼呼
呀！
不好！是妲己的聲音！

你沒事就好。

嘻嘻嘻嘻。

朝歌王宮。

冀州侯蘇護攜小女蘇妲己拜見大王。

小女妲己，
見過大王。
世間竟有如此絕色，寡人都不敢看了！

寡人現在就封你為妃子！
謝大王。

眾大臣見狀紛紛搖頭。

從此，紂王和妲己天天待在後宮玩樂，無心上朝。
王不理政，這是大亂之兆啊！不如今天擊鼓鳴鐘，請大王上朝，我們再好好勸勸他。
大夫説得有道理。
梅伯
咚咚
催催催，誰這麼不識趣，一直催寡人上朝！
大王不想上朝就不要去吧！
沒辦法啊！這是老祖宗的規矩。
是誰擊鼓催寡人上朝的？

大王，是臣。
大王！您已經有一個月沒上朝了，奏摺都堆得比山還高了。
寡人即位至今尚未好好休息，現在還不能給自己放個長假啊！奏摺你們這些大臣不會幫寡人看啊！
你有什麼事急成這樣？
哪有臣子批閱奏摺的道理？大王再沉迷女色，人心會亂啊！
梅伯！你好大的膽，把我的美人都惹哭了！
嗚嗚嗚……大王，他說臣妾亂了天下人的心，害您江山不保。
什麼美人，分明是蠱惑君心的妖精！

梅伯你好大膽！敢罵寡人的愛妃，活得不耐煩了吧！
哼！當着滿朝文武訓斥大王，還算什麼忠臣？
愛妃說得對，太不給寡人面子了。來人！把梅伯拖出去斬了！
為了一個女子殺忠臣，大王真的要做昏君嗎？
妖婦！
大王，這梅伯如此羞辱您，一刀砍了他太便宜他了！
對！那怎麼處置他才好呀，愛妃？
先把他關押起來。我已想好一種刑具，等打造好了再處死他。

梅伯暫時被關在天牢裏。
十日後。
大王，請看我設計的新刑具。
這叫炮烙，中空外實，有三層火門，可以在裏面燒火。只要將罪人捆在這銅柱上，哼哼……
美人真是奇思妙想！這炮烙堪稱寡人的治國良器啊！

看到他的下場沒有？以後，哪個再敢對寡人指手畫腳，就是這個下場！
可憐的梅伯被活活烤死。
美人，你還能想出什麼好玩又威猛的刑具嗎？
當然，臣妾可不止這點兒本事！
果然，妲己又設計出一種酷刑，就是挖一個大坑，裏面放滿蛇蠍等毒蟲，然後將犯人推到裏面，活活折磨死。

妲己還命人打造了「酒池肉林」，供紂王享樂。
王后姜氏實在看不過眼，訓斥了妲己，竟然被紂王踢下摘星樓活活摔死。
姜王后的弟弟，也就是鎮守東方的大將姜文煥一怒之下，起來反抗朝廷。
崇
孤竹
許
紂王寵幸妲己，殘殺忠良，引得天下諸侯痛恨，不斷有人起來反抗。商朝江山岌岌可危。

2
哪吒鬧東海

李靖

唉，夫人這都懷胎三年零六個月了，孩子怎麼還沒出生呢？真叫人擔憂啊！

陳塘關

啊！
哪裏來的妖孽！
夫君，不要啊！
嚓
哪吒
啪！

這——
老爺，有位道長來訪，說是祝賀您喜得貴子。
嗯？這道長怎麼知道的？一定是位高人！
快帶我去見他。
太乙真人
在下李靖，敢問道長尊號？

貧道是乾元山金光洞的太乙真人。

李將軍的公子可是手上套着一個金鐲子、身上纏着紅綾的？

哈哈哈，我算得出來呀。
是啊！您是如何知道的？
那原本是我的鎮洞之寶——乾坤圈和混天綾。

可見貴公子和我有緣。我想收他為徒，不知將軍意下如何？
犬子能拜道長為師，真是太好了！來，快將三公子抱過來！

犬子剛剛出生，看着卻像三歲孩童，請道長為他起個名字吧！
將軍的大公子叫金吒，二公子叫木吒，小公子就叫他哪吒吧！

轉眼間七年過去，哪吒已經長成了一個健康活潑的少年。這日正值六月酷暑天。

娘，天氣太熱了，我想去城外的樹林裏玩，那裏好涼快的。

金環，你陪三少爺一起去吧！

有他跟着可不好玩。嘻嘻，看我等會兒怎樣甩掉他。

本少爺要跑，看你能不能跟得上。
少……少爺，你慢點兒跑！
糟……糟了，跟丟了。
嗖
咦？
樹林裏有什麼好玩的？大熱天，到大海裏游泳才涼快呢！

你們為什麼不下海玩啊？

我們也想啊。

可這是東海龍王的地盤，我們不敢啊。

哼！他的地盤怎麼了？

他又沒豎個大牌子，不許別人下海。看我的！

哪吒手裏的混天綾是神物，在海裏掀起滾滾波濤，就連海底的東海龍宮都搖晃起來。

誰家的娃娃在這裏玩耍？
你管我是誰家的娃娃，在哪裏玩還要向你稟報不成！
大膽！竟敢如此無禮！
你這個醜八怪，不由分說就打人，是你無禮好不好！
呼

本少爺可不怕
你！看招！
嗖
砰！
這就斷氣了？看起
來這麼兇猛，也太
不禁打了。
哇！他好
厲害啊！
你這頑劣的孩子，活膩
了吧？竟敢在我父王的
地盤上鬧事！

轟
轟
轟
哎呀！起大浪了！快跑！
那個醜八怪還是巡海夜叉哪？真不禁打。你又是誰？
可惡！你這小娃娃，真是頑劣，看我龍王三太子怎麼收拾你！
啊！誰打死了我家的巡海夜叉？

三太子又如何？
小爺我還是陳塘
關總兵的三公子
呢！
哎呀呀呀！
小子，我叫
你償命！大
家一起上！
以多欺少，
不知羞恥！
本少爺不怕
你們！

呼

呼

呀

一羣中看
不中用的
傢伙！

砰

咔

啪

砰！
啪
好痛！
你們這些怪物，怎麼都喜歡動手打人？快給我道歉！
哼，我堂堂東海龍王三太子怎麼可能給你道歉！
砰

是你自己找打，不要怨我！
呼呼呼
啪
砰！
嘿！又斷氣了，真沒用。
龍可是稀有神獸，反正他已死，乾脆抽下他的筋給父親捆盔甲。
哪吒抽下龍王三太子的筋，回陳塘關去了。

哎呀！我可憐的兒子啊！

大、大王，我記得那打死三太子的小、小孩自稱，是陳塘關總兵的三公子。

陳塘關！

好一個陳塘關總兵李靖！

還說我們是一起修道的師兄弟，你竟然指使自己兒子打死我兒！我要你血債血償！

我那麼多兵將看到聽到，還能有假！
你百般抵賴，一定是你指使的！
父親，你們在做什麼？
哪吒，你來得正好！這是你的師伯龍王敖廣。他說你打死了他的三太子，可有此事？
哦，是我打死的。您看，他的筋還在我這兒呢！

本來孩兒是想用這龍筋給父親捆盔甲的，師伯既然來了，那我就原物奉還。給——
氣死我了！李靖，這事沒完！我要到玉帝那裏告你們兩父子，請他治你們的罪！
打死你兒子的是我，關我父親什麼事！
你給我閉嘴！

嘻嘻嘻嘻，父親，我來了。
父親，你不用擔心玉帝降罪了。我在前往天宮的路上截住了龍王。
你笑什麼？
我好好教訓了他一頓，他發誓再也不敢去玉帝那裏告狀了。這下，您可以安心了吧？
啊！你怎麼還是如此頑劣！
唉，還是有種很不好的預感啊！
咔
咔
不久，電閃雷鳴，突然下起暴雨。

將軍，城裏低窪處的房子都被淹了。
怎麼回事？陳塘關可從沒下過這麼大的雨啊！
李靖！
嘩
嘩
嘩
你兒子殺了我兒子，還目無尊長，對我下狠手。我是鬥不過他，但是我兒子不能白死！
我已請來三位兄長相助，我們要水淹陳塘關，叫這裏所有人為我兒子陪葬！
龍王！有本事你衝我來，不要傷及無辜！
行！只要你償命，我們就把水撤了。

孩子你在哪兒？
救命啊！
一邊是陳塘關的百姓，一邊是自己的兒子，李靖進退兩難。
噌
哪吒，你要做什麼？
龍王，你要是說話不算數，我死也不放過你！
君子一言，駟馬難追。
好！我來給你兒子抵命！

龍王敖廣見哪吒已死，撤去大水，陳塘關的百姓得救了。
來人，把三少爺的屍體……
呼
嗖
哪吒怎麼變成一道金光飛走了？
金光洞

哪吒別怕，為師已為你準備了新的軀體，再過些時日，便可起死回生。
七七四十九天過去……
哪吒，此時不醒，更待何時？
鐺
鐺
鐺

妙哉，妙哉！
師父，我怎麼變成了這樣？究竟是怎麼回事？
你命數未盡，日後還要助賢人平定天下。我只是助你一把。
我再賜你風火輪和火尖槍。

謝謝師父！
現在，為師將
七十二路槍法
傳授給你。
哪吒天資聰慧，沒過幾日，槍法便突飛猛進。

哼！

我知道因為
龍王的事，
你對他不
滿。

可是，為了陳塘
關的百姓，他也
很為難啊！

師父説
得有道
理。

那就好，以後，
你們父子要齊
心協力，輔佐
明主。

師父，
弟子明
白了。

哪吒拜別師父太乙真人，投奔西岐去了。

3
姜子牙下山

昆侖山玉虛宮的元始天尊身邊有一位得意弟子，已修行幾十年，名叫姜子牙。
子牙，當今天下商君失道，周室將興。你應當下山去，輔佐明主。
元始天尊
是，弟子即刻下山。
姜子牙
姜子牙拜別元始天尊，離開了玉虛宮。
宮虛玉
師尊叫我輔佐周室，可現在西伯侯被囚禁在羑（粵音有）里，看來時機還未到。我還是先投奔朝歌的老友宋異人吧！
姜子牙來到朝歌的宋異人家裏。

哈哈哈！都快七十的人了，不想這個了。

不費心的。城西有位馬氏六十多了，也是獨身多年，前幾天還託我幫她物色一個老伴。我就把你倆撮合一下吧！

這事包在我身上。

唉，不勞費心了。

這……這合適嗎？

怎麼不合適？她急着嫁，你尚未娶，正好湊在一起，有緣啊！

在宋異人的撮合下，姜子牙和馬氏結為夫妻。
咱們過日子總得掙點兒銀兩。我編了一些竹籃，你拿到市集上去賣吧！
好。
第二天……
我從沒有學過叫賣，真是開不了口啊！

怎麼一個都沒
賣出去？
我幾十年來
都在修行道
術，不會叫
賣啊……
哼！幾十
年就學一
些沒用的
東西！
你、你怎
麼能這樣
說我！
說你怎麼了？宋異人
說什麼你很有本事，
我以為跟了你就能
享享清福了，肯定
是你們串通起來
騙我啊！
誰誣蔑你
了？叫我
享福，那
把你掙的
錢拿來！
你怎麼
誣蔑我
們！
好了好了，
不要吵了。

哼！

嫂子，我兄長是修道的高人，你叫他賣籃子實在是大材小用了。

修道的怎麼了，連籃子都賣不出去，還能幹什麼？

這個呢……

我家裏麪粉多，明天叫兄長拿到市集上賣。

掙的錢我們兩家分。

第二天，姜子牙又挑着麪粉到市集去了。

哎喲，全賣完了，我還真是小看你了啊！

一斤都沒賣出去。

沒賣出去？那麪粉呢？

被一個騎馬的官差撞倒了，麪粉全撒了。

你、你這個廢物！

嫂子息怒！

又叫你破費不好吧？

房租就當你跟我借的，等掙了錢再還給我不就行了！

在宋異人的幫助下，姜子牙在朝歌的市集上開了一家算命舖子。

姜子牙算命很靈驗，不久就遠近聞名，生意非常好。
嘿嘿嘿，太好了。我從沒見過這麼多錢啊！
看，我沒騙你吧？
這天，軒轅墳的玉石琵琶精在宮中探望完妲己後，正想駕雲離去。
玉石琵琶精
這老頭兒真的很會算命嗎？

琵琶精變作一位身穿孝服的婦人，假裝家裏有喪事，來到算命舖前。
我下去試試，捉弄一下他。
請各位讓一讓，小女子要算一命。
姑娘先請。
是個妖精！哼，妖孽竟敢來試我眼力。今天，我定要為民除害！

請先生為小女子算一卦。

姑娘，先把脈，再算命。請借右手一看。

啪

咔

哎呀，老先生不說話，只是抓住我的手不肯放，你什麼意思啊！

哎！你都一把年紀了，這成何體統啊！

快放手！不然本公子可要英雄救美了！

哼！
砰！
啊！
不好了！姜子牙
殺人了！

這裏為何吵吵嚷嚷的？

比干

有個算命的當眾調戲良家女子。女子不從，他就把人家給打死了。

豈有此理！快將此人拿下！

你竟敢無視國法，當眾行兇，真是罪大惡極！

大人，此女子非人，是妖精變的。

這女子已死，你為何抓住人家的手不放？
看這位老者，仙風道骨，莫非真是降妖高人？
這妖精並未真死，只是暈了過去。我一放手，她元神飛走，只留肉身，我豈不是有理説不清了？
這裏不好判定，我帶你去見大王。
比干將姜子牙帶到摘星樓，面見紂王。

哦，有這
等事？
啊！
琵琶妹妹竟遭
毒手！可恨的
姜子牙，我
一定要為妹
妹報仇！
老頭兒，由我和
大王來分辨這是
人還是妖。
對，聽娘娘的。你
先把事情的原委給
寡人説説。
小民姜子牙，
在市集有一間
算命鋪子。
今天這妖孽化作
女子來算命，被
小民拿住了。

姜子牙將琵琶精放在柴堆上，用符咒鎖住她的四肢，燒起了熊熊大火。

愛妃，今日就請你欣賞火燒妖精。

哼！

妖精怎麼還不顯形？

等燒至兩個時辰，我用雷電劈下去，自然顯形。

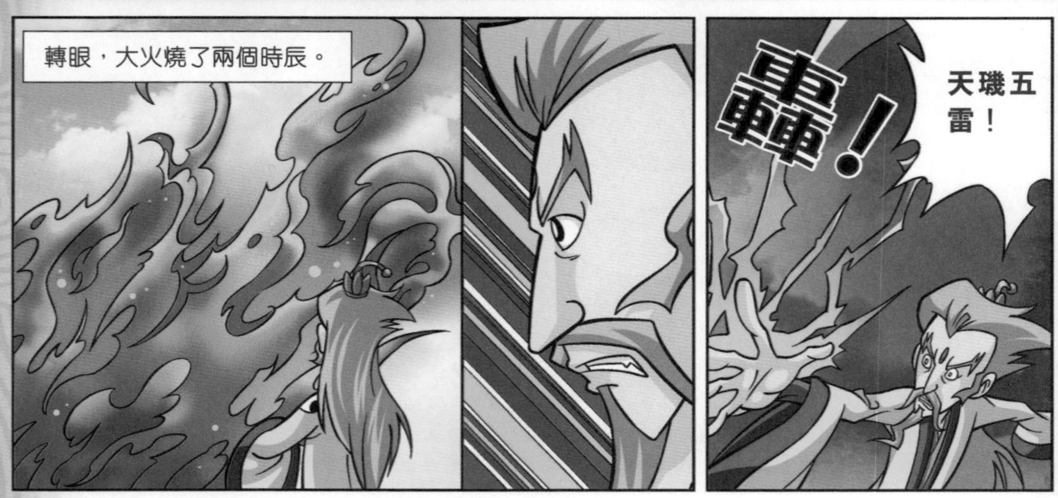

姜子牙，我和你無冤無仇，為什麼要殺我！
轟
不好！妖精復活了！
咔
嚓
妖孽！還不給我乖乖伏誅！
轟
轟

姜子牙獲封為下大夫，特授司天監職，當上了朝廷官員。

妲己一直在想辦法除掉姜子牙。

大王，臣妾為您設計了一處樓台，比摘星樓還要宏偉。

愛妃真是多才多藝啊！

這樓台金碧輝煌，光彩奪目。臣妾花了不少工夫呢！大王請看！

真是一座好樓台啊！寡人恨不得明天就能登上去。
這樓台叫鹿台。依臣妾看，這項工程，只有聰明智慧的姜子牙才能勝任。
好！寡人這就傳旨，命令他建造鹿台。
姜子牙，寡人命令你建造這座鹿台。事成後，給你加官晉爵。
這是圖紙，請大人過目。

大王，這鹿台
不能建啊！
為什麼？
這鹿台工程浩大，勞民傷財。妄興土木，必定民怨沸騰啊！他日，大王定會自食惡果。
哼！姜子牙你一派胡言，竟敢詛咒大王！罪當炮烙！
休想逃走！
對！愛妃說得對。來人，給我拉出去受炮烙！

嗟嗟嗟

還以為這能降妖除魔的高人有多厲害，一聽到要死，還不是一溜煙地跑了？
大王不能放走他！
宮裏兵將眾多，他跑不了的。

姜子牙，還不束手就擒！

嗖—
撲通
快下水去找，不能讓他跑了！
眾士兵下水尋找，都找不到姜子牙的蹤跡。
原來，姜子牙早就用水遁法，逃到宮外的一條小河去了。

哎喲，今天怎麼不待在朝裏？有空回家了啊？
我已經不做官了。
什麼？

姜子牙將事情的前前後後告訴了馬氏。

天啊！你這下不就成逃犯了嗎？

那昏君無道，非我之主。我要前往西岐投奔明主，夫人快收拾一下，和我一起動身吧！

要走你自己走，我不走！
可我是逃犯，你留在這裏會受牽連的。
你快寫一封休書給我，這樣我就和你沒關係了。
姜子牙見馬氏執意不走，只好寫下休書一封。
姜子牙隻身離開朝歌，前往西岐。

4
雷震子救父

姬昌
西伯侯姬昌被紂王軟禁在羑里，轉眼已經過了七年。
姬昌的長子伯邑考思父心切，攜帶金銀珠寶來到朝歌，想贖回父親。
伯邑考
臣的父親七年來在羑里潛心修學，與外界幾無聯繫，對大王絕無二心啊！
此次，臣帶金銀珠寶來贖我父親回國，萬望大王成全。
哎呀！這伯邑考果然儀表堂堂、玉樹臨風啊！

聽説伯邑考的琴聲天下無雙，臣妾很想聽一聽呢！
伯邑考，沒聽到娘娘説什麼嗎？快彈奏一曲。
唉！
優美的曲調，讓紂王和妲己聽得如痴如醉。

哎呀！彈得真是太好聽了！
大王，臣妾一直都想學琴，可否讓伯邑考做我的老師？
嗯，確是妙曲！
伯邑考聽旨：從今天起，你就來做娘娘的琴師。
大王，下臣此次來朝歌是為了……
哎呀！不就是為了你父親嗎？你若讓娘娘滿意，我就放他回國。
這……唉，臣遵旨。
伯邑考隨妲己來到後宮，教她彈琴。

臣先演示基本指法，請娘娘仔細看。
嘻嘻嘻，好的。
真是越看越喜歡呀！
哎呀！我太笨了，怎麼看不明白公子的指法呢？
這……
嗯，公子手把手教我好嗎？

請娘娘
自重！
砰
伯邑考，
你……
哼！不識好
歹，有你好
看的！
嗚嗚，大王，
伯邑考無心教
琴，還言語輕
佻，對臣妾十
分不敬。大王
要給我做主
啊！
美人別
哭。來
人，把
伯邑考
給我拖
下去！
大王，
臣有何
罪？
你敢調戲
娘娘，罪
無可恕！

大王，臣
冤枉啊！
哼！你說沒有
調戲娘娘，她
說有。你說，
我會信誰？
哎呀！我只是
想嚇嚇伯邑考，
可不能讓傻大王殺了
這帥哥。
大王，可能是他教琴
的時候，不小心碰到
我了，是我多心了。
不小心？那也不
行，我的妃子說
不小心碰了就可
以了？
聽説他帶了一隻白
面猿猴，能歌善舞。
要真是如此靈猿，
可暫且饒他一命。
這樣也行。要是
真是如此，就把
他囚禁在朝歌，
天天教你彈琴。

伯邑考帶白猿上殿。白猿果然能像人一般能歌善舞，滿朝文武看得如痴如醉。
妲己聽得心蕩情迷，不自主地顯出狐狸原形。周圍的人聽得入神，竟然都沒注意到。
咔咔！
不好，要露餡兒了！
白猿是山中靈物，看到妲己的本相便撲了過去。
砰
嚓

孽畜，敢傷
我愛妃！
啊！
糟了！
砰！
伯邑考！你
竟敢借白猿
之手行刺，
寡人要將你
碎屍萬段！
唉，是你找
死，這下我
也保不住你
了。
稟大王，已將伯邑考
碎屍萬段。

大王，既然伯邑考已死，不如就此試探一下西伯昌是否忠心。
怎麼試？
聽説西伯昌是聖人，聖人不食子肉。大王可將伯邑考做成肉餅，賜予他。他不吃，就殺了他，以絕後患。
好！
羑里。
西伯侯姬昌善於卜卦。這天，他突然心中不適，急忙取出蓍（粵音私）草占卜，得知伯邑考被害死了。

我的孩兒啊，你都是為了救我，才遭此大難啊！
西伯侯接旨！
昨日寡人獵得雄鹿一隻，特做成肉餅，賜予西伯侯食用。
謝大王。
姬昌強忍着心中的痛楚，當着傳旨官的面，吃下三個肉餅。
西伯侯，請用膳吧！

傳旨官離開後，姬昌一直想吐出肉餅，但都吐不出來。

啊啊啊！可恨的暴君！

呼

啪

一陣風吹過，將屋簷上的兩塊瓦吹落。

這是吉兆啊，看來我能回西岐了。
孩兒啊，是你捨命救了為父啊！
果然，沒過多久，傳旨官就來宣讀聖旨，放姬昌回國。
姬昌簡單收拾了行裝，動身回西岐。
黃飛虎
西伯侯，我在此等候多時了。

原來是武成王。好久不見，別來無恙啊？
閒言少敘，我們說正事。
聽說大王放了你。但你要知道，我們這大王可是善變的人，也許過一會兒就改變主意了。
這是一匹千里馬，你快點兒換上牠走。
去西岐要過五關，這是令牌，可保你通行無阻。
多謝武成王相助！
西伯侯快走，咱們後會有期！

姬昌換上黃飛虎送的千里馬，快馬加鞭向西岐飛奔。
朝歌。
我怎麼就把西伯昌放走了呢？
不行！寡人還是不放心，得叫他回來。殷破敗，你帶領三百騎兵去把西伯昌追回來！
此時，在終南山上世外高人雲中子的玉柱洞中。
玉柱洞

不好！西伯侯有難了！
雲中子
快叫你師弟雷震子過來。
雷震子
師父，傳我何事？
徒兒啊！你是七年前西伯侯收養的義子。
現在，你父親有難。你速到虎兒崖下尋一件兵器，我傳授你用法，好搭救你父親。

找了大半天了，怎麼看不到什麼兵器啊！肚子都餓了。
好香啊，是什麼東西？
好大的杏子，一定很好吃。

嗝！
怎麼覺得肩
膀不舒服？
脹得好難受
啊！
砰
轟

砰！
這、這是
怎麼了？
哈哈哈！妙
哉，妙哉！
傻徒兒，你雖面目
變醜了，卻擁有了
神力。背上的風雷
二翅，可助你一飛
千里啊！
師父，我都變
成雷公了，您
還笑我。

只要你心地善良，面目美醜有何要緊！
你若沒有神力，哪使得動這千斤黃金棍啊？
隨後，雲中子將黃金棍棍法傳授給雷震子。
你父親西伯侯會在臨潼關遇阻，你快去救他。切記，只可救人，不可傷及其他兵將。
徒兒遵命！
嗖——

這時，逃到臨潼關的姬昌，聽到了軍隊的追擊聲。
不好，朝廷的人馬追上來了。
前面那位老人家，可是西伯侯？
正是。
哎呀！
雷震子？莫非，你是我七年前在此地收養的那個棄兒？可……你的面容……
父親不要驚慌，我是雷震子啊！
雷震子將事情的原委講給姬昌聽。

大王命我們請西伯侯回朝歌去！
各位請回吧！西伯侯今天是回定西岐了。
你是哪裏冒出來的？敢管本將軍的事！
看我把這怪物打到一邊去。
鐺

砰！
哎呀！好大的力氣！
大家一起上！
風雷翅！
轟
轟

呼
呼
呼
好厲害！
有了！
師父叫我不傷人命，但他們總是糾纏不清，這該怎麼辦？

嘗嘗我的
厲害！
砰
轟

你們誰的腦袋比這山頭還硬，就接着和我打！
傻子才和你打呢，快逃吧！
我兒能有如此本事，真是多虧了你師父雲中子傳授你本領！
父親，這下安全了。
可那昏君手下能人異士眾多，怕接下來的追兵更厲害。
父親不必擔憂。

我背着您，
眨眼就能飛
回西岐。
那太好了！
雷震子背起姬昌
轉眼便回到了西岐。
西伯侯回來
了，大家快
來迎接啊！
終於
回來
了！
西
岐

5
姜子牙垂釣

散宜生

南宮適

姬昌回國後，在羣臣輔佐下將西岐治理得井井有條，百姓安居樂業。

我想建一座靈台，為百姓祈福，免除災禍。

侯爺一心為民，這是好事啊！

告示

西伯侯勤政愛民，修靈台為百姓祈福，不強徵勞工，欲做工者，日結清工錢……

告示

西伯侯勤政愛民，修靈台為百姓祈福，不強徵勞工，欲做工者，日結清工錢……

修靈台還給工錢，比種地好多了。

真是為我們百姓着想。有這麼好的侯爺，我一定要出一分力！

我也要去建靈台！

西岐百姓紛紛報名修建靈台。

大家齊心協力，不久靈台便建成了。

建成之日，西伯侯帶領羣臣上靈台為百姓祈福。

有這麼好的百姓，我一定要把西岐治理得更好才行啊！

呼
呼
呼
深夜，一頭長着翅膀的猛虎突然破窗而入。
嗯？好癢……
啊！

原來是個夢。好嚇人！
第二天，在大殿上，西伯侯將昨夜的夢講給大臣聽。
哦，怎麼講？
恭喜侯爺，這是吉兆啊！
虎生雙翼為飛熊，飛熊入夢，預示的是侯爺將得到一位棟樑之臣啊！
棟樑之臣？他在哪裏啊？
話說姜子牙逃出朝歌後，便隱居在西岐境內，天天在渭水旁垂釣。

武吉
咦，怎麼天天都能見到他？去問問看。
老人家，我看您天天在這裏垂釣。敢問尊姓大名啊？
老夫姓姜名尚字子牙，號飛熊。

哈哈哈哈哈哈
哈哈哈哈哈！
你笑什麼呢？
德高望重的聖人、賢人、高人，才有資格以「熊」為號。你一個只知道垂釣的老人竟敢號稱「熊」，真可笑！

老人家，您這釣鈎這麼直，而且沒有餌，再等一百年也釣不上一條魚啊！就這樣還號稱「飛熊」，我看是老糊塗了吧？哈哈哈！
呵呵，老夫在此垂釣，並非為這水中的魚，而是垂釣當世的明君與賢臣。
你還想做大官？我看你沒有王侯相，倒像個活猴！

你少笑話我。我看你面色發灰，今天進城必有災禍。

哼，完全溝通不了！

西岐

侯爺出行，請大家讓開大路！

啊！

啪

你打死了人，
理當償命！
侯爺，這個樵
夫打死了守門
的王相。
你姓甚名誰？
他們說的可是
實情？
士兵在城牆邊畫地為牢，豎起幾根木頭，暫且將武吉監禁在這裏。
啟稟侯爺，小的叫
武吉。這位軍爺的
確是小的打死的，
但小的並非有意啊！
自古以來殺人償命，
先將武吉囚禁在此，
等候發落。

嗚嗚嗚，娘啊，
兒子不孝啊！
一連三天，武吉被囚禁在城牆邊。
你為什麼大哭？是不是怕死了？
殺人理應償命，小的並不是怕死，而是想到家裏的老母親無人奉養，只能等着餓死，這才難過得大哭。
散宜生被武吉的孝心感動，答應在西伯侯面前為他說情。西伯侯准許放武吉先回家安頓母親，三日後再來償命。

武吉回到家裏，將事情的前因後果講給母親聽。
那位姜子牙有先見之明，一定是位高人。
你去找他，也許能有救你一命的辦法。
好！
老先生救我啊！
你有何事，要我搭救？

武吉又將事情的原委告訴了姜子牙。
救你不難，但你必須拜我為師。
徒兒武吉給師父叩頭了！
我將閉氣法傳授給你。三日後，你只需如此這般，必能逢凶化吉。
此後幾日，武吉像沒事人一般，繼續砍柴。

啊！
三天過後，武吉未有回去接受懲罰。散宜生便帶領士兵到武吉家抓人。
嗚嗚嗚……我的孩兒懼怕刑法，自殺身亡了。
果然脈象全無啊！
師父果然是高人啊！
唉，他傷人也是無意之舉，罪不至死，真是可憐啊！
散宜生將此事稟告西伯侯，西伯侯也很感歎。

武吉逃過一劫後，便專心跟隨姜子牙學藝。
冬去春來，這天，西伯侯帶着大臣們到郊外春遊。
我曹本是滄浪客，洗耳不聽亡國音……
洗耳不聽亡國音……
此歌用語清奇，這裏一定有賢人隱居。

辛甲，快去請
賢人前來！
辛甲
你們哪位是賢
人啊？快隨我
去見侯爺！
我們都是普通漁
民，不是賢人。
距此地三十里外的渭
水邊，有位老人家。
他天天一邊垂釣
一邊唱歌。我們
聽得久了，自然
就會了。
侯爺，那歌詞中唱
的「洗耳不聽亡國
音」是什麼意思？

很久以前，大聖人堯到山林裏尋找接班人，見一人拿着一隻小瓢在水中打轉，便問他在做什麼。
我已看破紅塵中的功名利祿，希望在這青山綠水間了此一生。
這人不把功名利祿放在眼裏，不正是我要找的接班人嗎？
我不是普通人，是當今天子堯。我想把天子之位傳給你，好嗎？
耳朵髒了，耳朵髒了！
原來如此，看來寫這歌的還真是位大賢人呢！
這個人名叫許由，後來做過堯、舜、禹三代天子的老師呢！

任憑風浪起，穩坐釣魚台。不為魚上鈎，只為王與侯……
這不是武吉嗎？
大膽刁民！你竟敢裝死來欺騙我！
啊！是侯爺！
侯爺恕罪啊！

小的確實是怕死，才請求一位在渭水邊垂釣的老人相救。
是他傳我閉氣秘術，小的才躲過了一劫。
那位高人怎麼稱呼？
看來，這位老人真是身懷絕技啊！
他姓姜名尚字子牙，號「飛熊」。
侯爺，此人的稱號正應了你那個「飛熊入夢」之說啊！

是啊！莫非此人就是我一直尋找的棟樑之臣？
武吉，快帶我去見賢人！
小福，師父在嗎？
師父出去了。
那你師父有沒有說過，什麼時候回來？
沒有。師父出門遊山會友，不一定什麼時候回來。
啊！這？

侯爺，求賢聘傑應當虔誠。今天我們來得匆忙，誠意不夠，不如另擇吉日，沐浴齋戒後再來。
西伯侯回宮後，命羣臣齋戒三日，再去迎接大賢。
哼！
我看那老頭兒怕是徒有虛名，不敢見您。下次不必勞您大駕，我直接把他抓來。
萬萬不可！
對待賢人不可無禮，還是我親自去吧！

第四天，西伯侯沐浴完畢，帶着禮物，率領眾臣，向渭水邊走去。
侯爺，有人在渭水邊垂釣。
你們在此等候，我和散大夫過去就行了。

任憑風浪起，
穩坐釣魚台，
不為魚上鈎，
只為王與侯。
賢士，在下西伯昌求見。
哎呀！
不知賢王駕臨，有失遠迎，還望恕罪啊！
是我不請自來，賢士何罪之有？
小民斗膽請侯爺到寒舍一敍，如何？
我正有此意！

先生，在下盼您很久了。
小民只是閒來寫寫歌，文不能安邦，武不能定國。侯爺錯愛了。

先生，現在天下紛亂，百姓不能安居樂業，我是連覺都睡不好啊！
我一心想救天下百姓於水火，但就是缺少像先生這樣的棟樑之臣。若先生不棄，還請隨我出山，助我一臂之力！
好吧。
那我就恭敬不如從命，隨侯爺出山！
太好了！
請先生上車。

這是侯爺您的車，我怎能坐？萬萬不可！
先生不必推辭，請上車吧！
不，萬萬不可！
這可怎麼辦？
牽我的逍遙馬過來！
先生，請騎上我這匹千里馬，隨我進宮吧！
姜子牙離開了隱居半年多的茅舍，跟着侯爺走了。
多謝侯爺。

西伯侯拜姜子牙為丞相。
姜子牙就任後，接連頒布了多條治國方案。西岐在他的治理下井井有條。西伯侯看到姜子牙治國有方、安民有法，西岐更加興隆，心中欣喜不已。

6
周文王託孤

紂王整天只顧和妲己玩樂，不理朝政，還聽信妲己讒言，害死了皇叔比干。
從此，朝歌由北伯侯崇侯虎、大臣費仲和尤渾這三個奸臣把持。他們不僅陷害忠良，而且慫恿紂王大興土木、縱情享樂，惹得民怨沸騰。
聞仲
紂王的暴行導致許多諸侯造反，聞太師奉命四處平叛。
崇侯虎奉命監造鹿台。他下令每家出兩名男丁做勞工，而富戶可以出錢免除勞役。
老百姓為了躲避勞役，背井離鄉，被抓去服役的男丁長年勞苦，死傷無數。

崇侯虎和那些地方官員層層中飽私囊，趁機大發橫財。崇侯虎蠱惑聖上、荼毒百姓的劣跡傳遍了全國，聞者人人唾罵。

西岐。

哼，此賊不除，必為天下大患！

砰

北伯侯崇侯虎的確作惡多端，人神共憤，但我和他爵位一樣，怎好出兵討伐啊！
侯爺此言差矣！
先王曾賜主公白旄（粵音毛）黃鉞（粵音月），專為禁暴除奸。這等惡毒奸臣是國家的大患，人人可得而誅之。
侯爺出兵討伐，是救萬民於水火。倘若天子能從此改惡從善，侯爺的功勞萬年不朽啊！
周
西伯侯聽從了姜子牙的建議，發兵十萬，討伐崇侯虎。沿路百姓無不歡欣鼓舞，紛紛拿出自家糧食犒勞義軍。

大軍來到崇侯虎的封地崇城外，紮下大營，先鋒大將南宮適領兵挑戰。
崇應彪
可惡的西伯昌，竟然趁我父親在朝歌之際，來攻打我們的地盤，真是反了！
少主，在下黃元濟請戰，定將他們殺個片甲不留！
好！

咔
少主，不、不好了，黃將軍戰死了！
竟敢殺我大將！眾將領，隨我出戰！
可惡的西伯昌！我們和你西岐素無冤仇，為什麼侵我地界？

哼！你們父子造惡如海，積毒如山，天下百姓對你們恨之入骨！今天西伯侯興仁義之師，還不快快投降！
這……
呸！
殺
哪位將軍替我拿下西伯昌、姜子牙兩個老頭兒？

以多欺少
啊！全軍
一起上！
鐺
鐺
咔
落馬！

快快退兵回營！

崇

此戰之後，崇應彪緊關城門，閉門不戰。

侯爺，我軍勞師遠征，糧草消耗甚大，若不能速戰速決，必將勞而無功。我們應速速進攻，拿下崇城。

主公說的是，
老臣再想別的
辦法吧！
姜
怎麼差點兒忘記他了！
鎮守曹州的崇黑虎將軍是崇
侯虎的弟弟。他為人正直，
素有賢名，對他哥哥的行為
也早就看不慣了。現在，正
是用他的時候啊！
等我寫一封信給
他，希望他能曉明
利害，大義滅親！
姜子牙派南宮適前往曹州面見崇黑虎。

唉！大哥作惡太多，我寧可對不起祖宗，也不能對不起天下百姓啊！我若大義滅親，尚可留住我崇氏一脈，也不至於有一天絕滅宗支，如此，死後也對得起父母了。
南宮將軍，姜丞相的教誨我銘記於心。你回去告訴丞相，不日我將押解我那作惡的兄長到西伯侯的大營。
好！我們就靜候將軍捷報了！南宮適先告辭了。

點起三千人馬，
隨我前往崇城！
我叔叔來了，真
是雪中送炭啊！
城崇
叔叔，你來得太
是時候了！

第二天，南宮適又來挑戰。
賢姪，聽說西伯昌討伐崇城，我特來相助。
西伯昌無故侵入他人疆界，怎敢說是王者之師？
你哥哥惡貫滿盈，這等亂臣賊子，天下人人得而誅之！
一派胡言，拿命來！

鐺
今日之戰，是給我姪子做樣子看的，三日內定把他押往西伯侯那裏。
好，你砍傷我手臂，不要叫他看出破綻。
呼
退兵！
哈哈哈哈！

今天叔叔打敗了西岐
大將，姪兒得給您好
好慶祝一下。
應彪，這西岐猛將
眾多，只靠你我二
人恐怕很難取得全
面勝利啊！
我看，還得把這事告訴
你身在朝歌的父親，叫
他回來和我們一起對付
西伯昌。
好！來，
喝酒！
叔叔說得有理，
明天我就差人去
朝歌。

朝歌。
可惡的西伯昌，我不殺你，誓不為人！
砰！
崇侯虎點起三千兵將，日夜兼程直奔崇城。
崇城
將軍，小的走的是山間小路，估計這會兒崇侯虎離北門不到三十里地了。

你安排五十名刀斧手埋伏在北門內，聽我號令行事！
遵命！
等我拿下他們父子後，你立刻把他們的家眷送到西伯侯大營。
崇城
大哥，你可算是回來了！
兄弟，我們齊心合力，定能將西岐軍隊打得落花流水！
那是當然，大哥先進城吧！

兵士，把我的馬
牽回府裏。
今天誰當值？
關城門關得倒
快，我的軍隊
還沒進來呢！
砰
刀斧手在哪裏？

兄弟，搞什麼名堂！
大哥，你位高權重，卻不修仁德，惑君虐民，諸侯百姓無不痛恨。我不忍崇氏遭受滅門之災，要將你父子押往西伯侯大營，以謝天下！
崇侯虎父子惡貫滿盈，即刻拉下去斬首！
周

將軍大義滅親，
實乃天下人之福
啊！
丞相，
崇侯虎
呢？
啊！你怎麼不
等我來呢？
侯爺，崇侯虎父
子已經斬首了。
侯爺宅心仁厚，一定不
忍取他父子性命。可天
下人容不得他們啊，臣
就先斬後奏了。
唉！
西伯侯，我兄長的家
眷也已押至營中，該
如何發落？

崇侯虎父子作惡，
與其家眷無關，都
放回去吧！
侯爺英明！
斬殺了崇侯虎這對為禍天下的父子後，西伯昌班師回西岐。
嘩
嘩
嘩
嘩
都快入冬了，
怎麼會下這麼
大的雨啊！
嘩
怎麼心中不適，總
覺得要出大事了？
轟
什麼？
侯爺病
重？

自從殺掉崇侯虎父子，侯爺就感覺身體不適，加上連日下雨受了風寒，病情好像越來越重了。
加速返回西岐，遍尋名醫，為侯爺醫治！
是。
西岐大殿。
各位大夫，侯爺的病怎樣了？
唉，我已使盡渾身解數，侯爺還是昏迷不醒啊！

西伯昌的二兒子姬發帶領眾兄弟為父親祈福。
嘩
嘩
嘩
太廟
列祖列宗在上，保佑我父親早日康復啊！
咔
姬發……
侯……侯爺，您醒了！

快……快傳丞相和二公子。
是！
啊！丞相，你怎麼還在這兒，這麼晚還不休息啊？
唉，侯爺昏迷不醒，我哪能睡得着啊！
侯爺醒了，叫您進去。

侯爺醒了？
太好了！
我還要去找二公子，您先進去。
侯爺！
丞相，你來了！
丞相，有你這樣的良臣輔佐，真是本侯的福分啊！可惜啊，這福分就要到頭了。
我的身體我清楚。
侯爺，不可亂説啊！

我兒子眾多，文武雙全的也不在少數，但賢良仁厚、深明大義的首推二子姬發。
我走之後，由他繼承我的爵位。希望丞相能夠像輔佐我一樣，輔佐他啊……
侯爺放心，老臣銘記於心。
嗒
嗒
嗒
嗒
父親！孩兒來了！

父親，孩兒來晚了！
你總算來了！
我要走了。以後，西伯侯的爵位由你繼承，西岐就交給你來治理了。
我走後，姜丞相不但仍居相位，且是你的亞父。凡事你都要和亞父先行商量，然後才能定奪。
孩兒謹記父親教誨。
西伯侯將遺言囑託完後，便撒手人寰。第二天，西岐為他舉辦了隆重的葬禮。
周
西伯昌
姬發繼承爵位，成為新的西伯侯，並且成為日後西周的開國君王——周武王。他追謚父親姬昌為「周文王」。

7 黃飛虎反商

每年元旦，王公大臣的夫人都要進宮朝賀正宮皇后。這年，武成王黃飛虎的夫人賈氏按例進宮，向蘇妲己請安。
給娘娘請娘娘千歲安。
哎喲，沒想到黃飛虎的夫人如此美豔。黃飛虎老和我作對，這下機會來了。
摘星樓
黃妃此刻正在摘星樓，不如夫人隨我一同前去，我們姐妹三人正好聚聚。
黃妃是黃飛虎的妹妹。賈氏想着正好趁此與小姑子見面，便毫不懷疑地隨妲己來到了摘星樓。

早就聽說妲己笑裏藏刀，看來今天是落入她的圈套了。
大王，武成王的夫人來給您請安了。
摘星樓上，紂王正獨自飲酒，根本沒有黃妃的蹤影。

嘿嘿嘿！
哦？
啊，武成王的老婆這麼漂亮呀！

哼！
武……武成王怎麼沒……沒給寡人説過，他老……老婆這麼漂亮啊！不夠意思。

黃夫人，
來，來，
喝一杯！
請大王
自重！
嘿！喝酒有
啥不……不
自重的！
要不，寡人餵你
喝。來……
昏君，我丈夫為你打
江山屢立戰功，你不
思酬謝，反而侮辱他
的夫人！
啪
不就喝杯酒嘛，
幹什麼推三推
四的？今天你
不喝，我就不
讓你回去了！
黃將軍，我至
死也要保全你
的名聲，可憐
三個孩兒沒人
照顧了。

呃，不就開個玩笑嗎？怎麼這麼想不開啊！
黃府
今日良宵佳節，大家要放開喝啊！
將軍！夫人被大王調戲，不甘受辱，跳樓自盡了！
什麼？

王爺，不好了！黃娘娘聽説大王逌死了夫人，就前去和大王理論。誰知，大王一怒之下，把黃娘娘給摔死了！
什麼？
我妹妹給他做了十年的妃子，他竟然一點兒夫妻情面都不講。可惡！
砰
我們要給娘和姑姑報仇！走，找那昏君去！
回來！宮裏禁衞軍有好幾千，你們想去送死？
王爺，換作您是大王，如果殺了我的妻子和妹妹，接下來會怎樣？
我一定怕你造反！

沒錯。現在那昏君寵幸妲己，失德於天下，諸侯紛紛造反。他做了這等惡事，能不怕擁兵十萬的您造反嗎？
他下一步定會將我滿門抄斬。
那我就反給他看！
好！反了！反了！
可是，您的軍隊都不在朝歌，若在此起兵，府上這區區幾百軍馬，如何打得過京城的軍隊？
嗯，說得有道理。
那我們去投奔西岐！西岐現在由西伯發繼位，又有姜子牙輔佐，國力強盛，天下三分之二已屬於他們。我們也去那裏，共圖大業。
周

黃飛虎騎着五色神牛，率領三個兒子及家將，連夜撤出朝歌。
臨潼關。
王爺，前面有兵馬攔路。
關潼
不出所料，紂王果然派人到黃飛虎家裏捉拿他們一家，沒想到撲了個空。
來將可是張鳳將軍？
黃飛虎，你竟敢造反！快快下馬受縛，隨我回朝歌謝罪！
張鳳

張將軍，那昏君暴虐無道，無端殺我夫人和妹妹。我造反是迫不得已的，還望將軍放行。
哼！本將軍今天就是要拿你去朝歌領賞！
那就怨不得我了！
嚓
啊
大家隨我殺出關去！
黃飛虎一行趁勢殺出了臨潼關。

潼
黃飛虎，想要過潼關，得先問問我！
陳桐
那得看你的本事了！
鐺
這黃飛虎果然武藝高強，不能硬碰硬。得用激將法！
黃飛虎，你敢來追我嗎？

哼！怕你不成？
哪裏走！
看火龍鏢！
嚓
王爺，小心！

王爺！

紫陽洞

道德真君

呀，不好，
武成王黃飛
虎有難了。

黃天化

什麼？我父王
出事了？

天化，你隨為師學藝十年，該是你顯露身手的時候了。如今你父王在潼關遇難，我賜你法寶，快快前去搭救！

好！

你父王醒後，速速回來，不要和他一起去西岐。

啊！為什麼？

時機未到。時機到了，我自然會讓你去西岐的。

徒兒遵命。

我父王在哪裏？我能救他！
王爺……王爺已經斷氣了。
太好了！王爺醒過來了！

父王，孩兒來晚了！
天化？怎麼是你？
你不是在山上修行嗎？
是師父叫我來幫你過潼關的。父王，你再去交戰，我自有辦法幫你取勝。
黃飛虎來到潼關前，又和陳桐殺在一起。
嗖——

黃天化手指一揮，火龍鏢飛了回去，陳桐被自己的鏢打落下馬。
主將戰死，潼關守軍作鳥獸散，黃飛虎等人順利通過了潼關。黃天化告別父親，回紫陽洞去了。
穿雲關。
穿雲關
可惡的黃飛虎，竟敢殺我弟弟陳桐！我和你誓不兩立！
陳梧
將軍，黃飛虎勇冠三軍，不能力敵，只能智取。我們可以如此——
陳梧不帶兵器，在關外迎接黃飛虎。

陳將軍，我……

王爺忠心報國，是君負於臣，我弟弟不明事理，罪有應得，末將已備下酒宴，還請王爺稍事休息。

黃飛虎推辭不了，帶着眾人到陳梧將軍府上用膳。

叫醒大家，
快點走！
我總覺得這陳梧
的表現很反常，
還是走為上策！
王爺？這麼
晚了，怎麼
還不睡？
殺啊！
果然有詐，
這是想燒死
我們！

黃飛虎，留
下命來！
就憑
你！
關牌界
黃飛虎一行殺出穿雲關後，來
到了其父黃滾鎮守的界牌關。
黃滾
逆子，你是乖
乖投降，還是叫
我動手？
爹！

爹！您兒媳和女兒都被那昏君害死，我是被迫才反的呀！
我黃家七代忠良，不能在你這一代毀了英名啊！
爹，我回朝歌必死無疑，這也就罷了。可那昏君是不會放過我們家任何一個人的！
爺爺，我娘死得好慘！
唉，罷了，你們過關去吧！
啪

砰
老爺子，得罪了！
爺爺！和我們一起走吧！
唉！我的老臉都丟盡了。也罷，就和你們一起走吧！
爺爺！
汜水關。
哼，這是給你們這幫亂臣賊子準備好上朝歌用的！
這是幹什麼？
韓榮

呼
呼
好大的口氣，就怕你的本事不如口氣大！
呼
陳奇
黃飛虎！任你們武藝再高，也躲不過我的「戳魂幡」，還是乖乖投降吧！

休想！
哼，自不量力！
砰
戳魂幡！
呼
嘿嘿，武成王
不過如此嘛！

哈哈哈！把你一家老小都抓回朝歌，我後半輩子就不用愁了！
喂！你收夠沒有！
小矮子，你收下我試試！
怎麼不起作用啦？
我收！

我的寶貝怎麼會失靈呢？
我還不信收不了你了！收收收收收收！
兄弟們一起上，拿下這小子！
小爺我是蓮花身，你這破玩意兒對我沒用的。
嚓
就憑你們這點三腳貓功夫，也想和小爺打？

呼
呼
呼
好厲害啊！
哪裏走！
哎喲！
砰

快逃啊！這小孩
太厲害了！
多謝這位小
公子相救！
武成王不必多禮。
在下哪吒，是我家
丞相命我來這裏，
接各位去西岐的。
原來如此！
西
岐
黃飛虎一行在哪吒的帶領下，出了汜水關，來到西岐，順利地見到了西伯發和姜子牙。

8
冰雪封岐山

朝歌。
反了！反了！西伯侯、姜子牙、黃飛虎！這幫反賊一個都不能留！誰願領兵討伐西岐？
臣願為大王分憂！
魯將軍，忠臣啊！
魯雄
魯將軍年事已高，恐怕心有餘而力不足，還需兩位參軍同行。
聞仲
聞太師，我的大救星，你可算回來了！
來人是聞太師，他是殷商三朝元老，為朝廷南征北戰，戰功顯赫。

大王，這次老臣不能為您分憂了。

為什麼？北海的叛賊不是平定了嗎？

可是東海的姜文煥犯上作亂，那可是一員虎將，非得我親自征討才行啊！

費仲、尤渾這兩個奸賊進讒言，害得姜皇后慘死。

姜皇后的兩位王子如今生死不明，我一定要替他們出口惡氣！

啊！打仗我們一竅不通啊！

太師剛才說的兩位參軍是誰啊？

費仲、尤渾兩位大人。

兩位有隨機應變之才，通達時務之變，完全可以做軍事的參謀呀！
對對對，沒錯，他倆可會哄寡人開心了。
是啊。你二人能文，魯將軍善武，同心協力，必能為大王分憂。
拿參軍大印給兩位大人！
第二天，魯雄任主帥，費仲、尤渾任參軍，率領五萬大軍向西岐進發。
商

什麼，五萬商軍來征討我西岐？

主公不必擔憂。我西岐現在精兵良將眾多，任他來多少人馬都不怕！

領軍的是什麼人？

主帥是魯雄，參軍是費仲、尤渾。

南宮適、武吉，你們帶領五千人馬在岐山山口空地安營，阻塞路口，切勿讓朝廷人馬通過。
是！
魯雄一行來到岐山，見有人馬駐紮，不能前行，就在對面樹林茂密處紮下了大營。
商
魯
這樣的天氣是想熱死人啊！
是啊。
武吉，這麼熱的天，為什麼叫我們在空地紮營？
連片樹葉都見不着，連口水都喝不上，將士們恐怕有怨言啊！

真不明白，你師父是怎麼想的！
南宮將軍，我師父他高深莫測，是你我揣度不來的。
第二天。
周
南宮將軍，武吉將軍！
丞相有令，火速把人馬調到山頂紮營，不得有誤！
什麼？
到山頂紮營，這是想烤死人啊！

這是將令，不可違抗啊！
唉，傳令全軍山頂紮營！
那不是要把我們熱死嗎？
啊？去山頂？
都說姜子牙用兵如神，我看都是吹的吧？
嘿，這大熱天的，西岐人馬怎麼往山頂搬啊？他們是不是想熱死？
不出三日，他們自己就熱死了。
嘿嘿嘿，聞太師本想將我們一軍。
沒想到卻叫我們輕鬆立功啦！哈哈哈哈哈！

快！給、給我
拿點水來！
丞相帶兵來了！
喲，南宮將軍，
這山頂真夠熱
的呀！
可不是，
我都快被
烤熟了！
哈哈哈
哈哈！

我是給你們送軍
需裝備來的。
多謝丞相！
哎，是什麼
裝備啊？
把東西卸下來！
這些東西，全營
將士一人一份，
速速發下去。
啊？怎麼是皮
襖、斗笠？

我的好丞相，您這是嫌我們熱死得不夠快，來添把火啊？
什麼話！這是軍令，快去辦！
你快帶人在營後面築一座高三尺的土台，我晚上要用。
咦，搞什麼名堂？

夜晚降臨之際，土台已完工。
丞相這唱的到底是哪一齣？
急急如律令，風雪雷電！

呼
呼
呼
呼
嘿！起風了，
這下涼爽了！
將軍，趁着涼快，我
們一起夜襲，踏平西
岐的前哨大營！
呼
呼
好！這是天賜
良機，叫我們
立大功啦！
傳令全軍，
出發！

呼
這丞相還真是世外高人，居然求來了大風，可算涼快些了。
呀，竟然下雪了！

嘿！你光顧着自己，我的斗笠呢？

啊？白天你不是一氣之下扔到山下了嗎？

嘿！我恨不得給自己一個巴掌！

我說，這下你服丞相了吧？

服！一百個服！

這……這雪越下越大，溫度越來越低，仗沒……沒法兒打了。

呼

傳令下去，退兵！

商

呼

呼

呼

武吉，現在雪有多深？

師父，山頂有兩尺，估山下有四五尺。

很好！

咔
呼
哇，好熱！這雪立
馬就化成水了。
嘩
嘩
哇！怎
麼突然
發大水
了！
嘩
嘩
哎喲，我可不想
被淹死啊！
這又是怎
麼回事？

雪來！
呀，又變成冰了！
丞相，您這樣冰火兩重天的，我快被您搞糊塗了。
哈哈哈哈哈！
南宮適、武吉，你二人下山，把商軍的三位大將拿來，不要傷及無辜。

是！
哈哈哈，都成冰雕了！
哈哈哈！你先別笑話他們，你也快成冰腦袋了吧？

大家找出商軍的
三員大將！
老天有眼，我的
斗笠在這兒！
嘿嘿嘿嘿！
南宮將軍，
找到了！

哈哈哈，把他們抬回去！好，收兵！
哼！費仲、尤渾，你們這兩個奸賊可是天下聞名啊！
丞相過、過獎了。還望丞相饒小的一命。

你二人在昏君面前屢進讒言，害死忠臣無數！我饒得了你們，天下人也饒不了你們！
刀斧手，把這兩個亂臣賊子拖下去，砍了！
砰
饒命啊！我們也是奉命行事啊！
饒命啊！
魯老將軍不必驚慌！
還望魯老將軍回朝歌給那昏君帶話，就説我西岐軍民安守本分，不犯國法，請他不要再派兵侵擾！

多謝姜丞相不殺之恩，我一定把話帶到！
南宮將軍，此話差矣。
丞相，您這麼大本事，就是再來十萬商軍也不怕啊！
世上懂得法力的何止我一個，比我高強的不知有多少。切不可掉以輕心哪！
如果下次商軍來了高人，我未必對付得了，還要另想辦法啊！

最棘手的就是他啊！
師兄且慢！
姜子牙回憶起當年下山時的一段往事……
師弟，有什麼事嗎？
申公豹
師兄，師父又偏心眼兒，給你什麼法寶了？

師弟誤會了，哪有什麼法寶！
哦，那是什麼？

哦！原來如此啊。

師父賜我「封神榜」，以分封那些死於戰場的將領，好讓後人銘記他們的功績。
我下山後要輔佐西岐周室取得天下，難免會有死傷！

雖說不是什麼法寶，可卻是個至高無上的任務啊！

你和師父就這麼確定周室能取得天下？
嘿嘿……

哼，師兄，你想得好輕鬆啊！

你想請誰，誰就能助你匡扶周室嗎？

師弟，你這是什麼意思？

砰！

師兄，你我學藝鬥法幾十年都沒分出個高下，現在你要下山，可我還沒鬥夠呢！
你等着，你請高人助周室，我就有辦法保商湯，你我必得一決高下！
師弟，天意不可違啊！
師兄，我這就給你找好對手去！

漫畫封神榜（上）

原　　著：許仲琳
編　　繪：趙鵬工作室
責任編輯：陳友娣
美術設計：陳雅琳
出　　版：新雅文化事業有限公司
香港英皇道499號北角工業大廈18樓
電話：（852）2138 7998
傳真：（852）2597 4003
網址：http://www.sunya.com.hk
電郵：marketing@sunya.com.hk
發　　行：香港聯合書刊物流有限公司
香港荃灣德士古道220-248號荃灣工業中心16樓
電話：（852）2150 2100
傳真：（852）2407 3062
電郵：info@suplogistics.com.hk
印　　刷：中華商務彩色印刷有限公司
香港新界大埔汀麗路36號
版　　次：二〇二〇年三月初版
二〇二三年一月第三次印刷

原書名：漫畫封神榜

由中國少年兒童新聞出版總社首次出版

ISBN: 978-962-08-7438-3

18/F, North Point Industrial Building, 499 King's Road, Hong Kong
Published in Hong Kong SAR, China
Printed in China